不起眼女主角培育法 8
丸戸史明＝著
深崎暮人＝插畫

「來，安藝。」

「……啊。」

「這是為了收集靈感喔，安藝。」

安藝
倫也
Tomoya Aki
加藤
惠
Megumi Kato

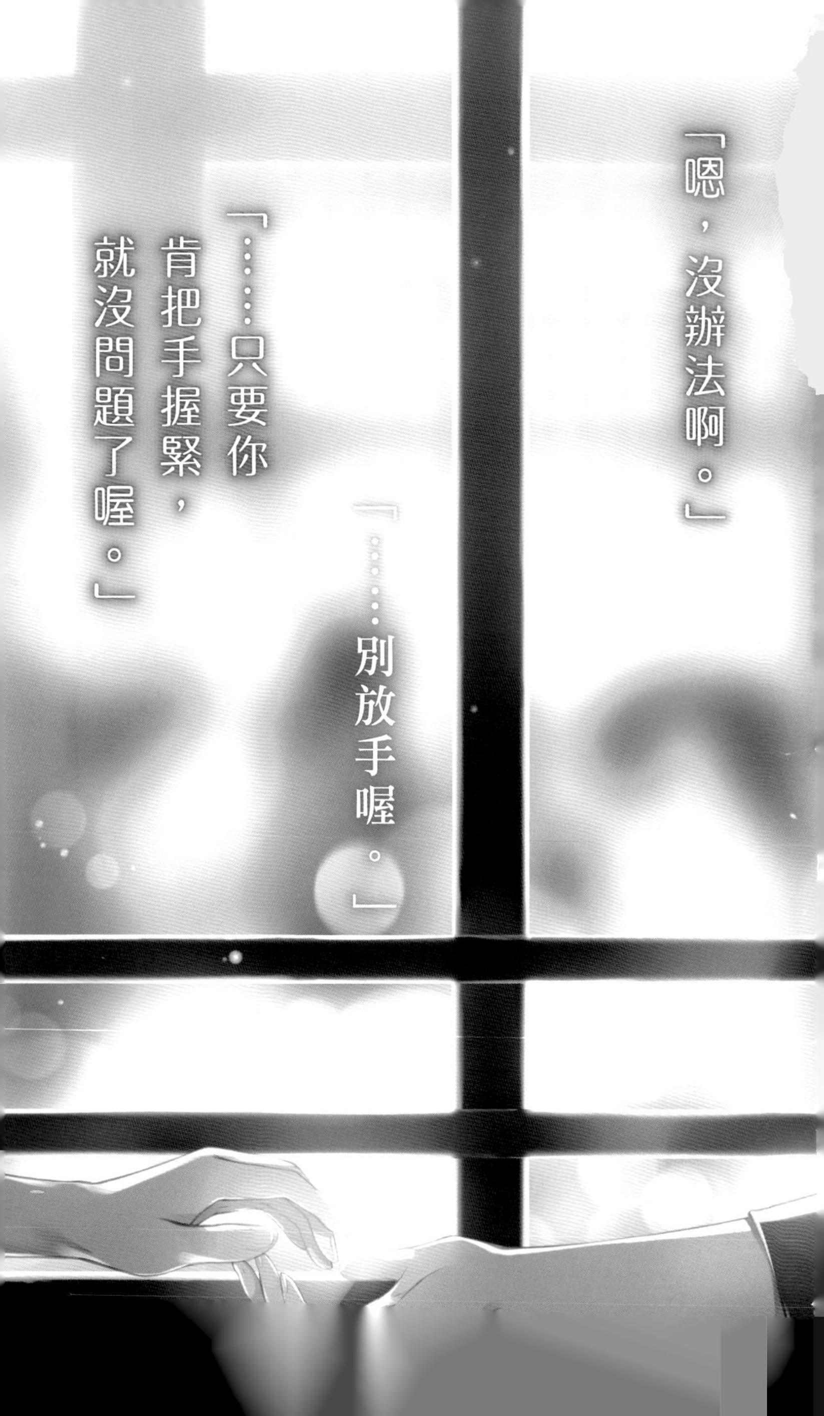
「嗯，沒辦法啊。」
「……別放手喔。」
「……只要你肯把手握緊，就沒問題了喔。」

冰堂
美智留
Michiru Hyodo
波島
出海
Izumi Hashima

「收集靈感是嗎……
那就夋辦去妻。」

不起眼女主角培育法

8

丸戸史明

插畫／深崎暮人

Kadokawa Fantastic Novels

彩頁／內文插畫：深崎暮人

Content

序　章 011

第一章　劇情提要公開時，內容只有寫到這裡 023

第二章　就算戲份少，也夠顯眼了對不對？對吧！ 047

第三章　以往可有對過夜劇情如此缺乏危機意識的作品？ 062

第四章　姍姍來遲的第一女主角候補（哥哥還妹妹？） 086

第五章　笨狗不與朋友鬥 112

第六章　副筆升格成主筆後的第二款作品大多（略 126

第七章　宣布答案前會先進廣告的節目很惱人對不對 144

第八章　時間錯敘手法用得沒多大意義，就稱不上好作品吧 166

終　章 206

後　記 225

企劃、副總監、
第一女主角

企劃、製作人、
總監、劇本

新生 blessing software

成員名冊

音樂

原畫、CG上色

序章

放學後照進視聽教室的夕陽……

「妳、妳跟倫也學長是表親啊！請請請請多指教！」

……不，抱歉。導言有錯，這裡是我的房間。

「哎～沒那麼了不起啦～我們只是同一天在同一間醫院出生，從小時候就一起洗澡一起長大而已～啊哈哈哈哈～」

四月上旬，假日照進我房間的夕陽，將春天的暖意一同帶了過來……

「一、一起洗澡？妳跟倫也學長一一一起起起……」

話雖如此，跟陽光一樣溫暖的室內，卻縈繞著滿是生疏感的慌亂說話聲。

在這個房間，好久沒聽見這種充滿緊張感的聲音了……畢竟這陣子就算有人到我房裡，也都不會客氣。

「哎～我跟阿倫就像家人一樣啊～或者說，我一回神就發現他是最親近的異性了～也可以說，他是用來學習男女大不同的石蕊試紙喔～」

「我們才沒有自然而然就做那種實驗！美美，妳不要害別人臉色一會兒青一會兒紅啦！」

……看吧，就像這樣。

「哇～這裡滿載著各種新鮮的驚奇呢……」

「這裡充滿的並不是驚奇，而是旁若無人地摧毀這個房間生態的外來種。」

「我、我將來也會像這樣染上房間裡的色彩呀……和倫也學長共同分享青澀體驗……我是指做實驗！」

「不要亂解讀那些話，也不要隨便沾染色彩！出海，拜託妳永遠當純情的少女（女性向遊戲玩家）！」

聊歪的兩人……不對，聊得正興起的兩個人當中，對每句話都冒出純情反應的那個女生，是從今年春天起和我讀同一所高中的學妹。

早熟的才華從國中時就覺醒，還一度竄升為comiket閘口社團插畫家的實力派同人創作者。

然而，她的外表（胸部分量暫且不提）卻屬於跟小動物一樣會勾起保護慾的黏人型女生。

豐之崎學園一年C班，波島出海。

目前她拘謹地跪坐在房間的角落，一臉興趣盎然地朝房裡東張西望，因此綁成兩束的頭髮和雄偉上圍都晃來晃去、蹦上蹦下地相當搖滾。

「妳叫波島是吧？哎～只要是有關阿倫的喜好或其他事情都可以找我商量，以後多多指教嘍～～」

「好、好的，學長的表姊，我才要請妳多多指教！」

「什～～麼叫有關我的事都可以找妳商量啊！連本季動畫女主角的人氣排名都掌握不了，少用那種自以為懂的口氣！」

「好了啦，阿倫，你也該放下對二次元女角的執著了。反正那些女生的重要部位都被霧氣或光線遮著看不見啊。關於這一點，在現實（我）生活中就能把看不見的部分都露給你看……」

「我才不想看那些！若隱若現才是最棒的！」

基本上，有些值得尊敬的行家還是會挑戰尺度邊緣，而不用霧氣或謎樣光線來敷衍，麻煩妳別一竿子打翻一船作畫者……動畫的事先不管了，像這樣，一邊散發出慵懶調調，一邊還打算將無袖背心的胸口掀開來見人的那個女生，是從一出生就和我成了親戚的表親。

除了讀書以外，從小就發揮出多彩多姿的才能，上高中以後更在女子樂團裡當上地位相當於花旦的吉他&主唱，因而（在部分族群）人氣爆紅的人氣歌手。

然而，她的外表……應該說，提到她在我家的德性，則屬於又懶又頹廢又暴露，老是勾起情慾……不對，老是讓人困擾的墮落型女生。

椿姬女子高中三年四班，冰堂美智留。

目前她穿著熱褲，卻大剌剌地盤腿坐在床鋪中央，用誇張的肢體動作聊得正興起，因此捲捲

的短髮和無袖背心底下挺出的美好胸型，都跟著輕盈地搖晃生波。

「好了，那碼歸那碼，我會像這樣召集大家並不是為了別的……」

再提到將她們兩人找來這裡，身為房間主人的我。

從小學時就覺醒為御宅族，明明不具才華，卻憑著滿腔熱情將班底湊齊並成立遊戲製作社團的平庸製作人兼總監。

外表屬於戴眼鏡的噁心宅男……這陣子在諸多因素下變成了摘掉眼鏡的御宅型男生。

豐之崎學園三年F班，安藝倫也。

目前我正雙腳大開站在房間中央，還緊握拳頭仰望天花板，因此……呃，就算我身上有任何部位在晃，看了也只會傷眼，不提也罷。

總之，那樣的我使足力氣，既熱情又激動地告訴眼前兩個女生：

「沒錯，今天要大家聚集到這裡……就是為了舉行新生『blessing software』的成軍典禮！」

「哇～～！」

出海用歡呼伴著掌聲為我道賀。

「…………」

美智留則淡定地……不對，傻眼地望著我的臉。

「去年社團成立後，由於有眾成員令人驚艷的努力，處女作《cherry blessing～輪迴恩澤物語～》才得以推出……作品本身得到的佳評更是遠遠超出預料。」

儘管她們倆所給的反應對照性十足，我仍嚴肅地繼續發表演說：

「而在新年度到來以後，這次我們幸運地迎接了最強的新成員波島出海加入社團！這可說是一年來扎扎實實努力所得到的成果！」

「是的，我會加油！我絕對要幫上倫也學長的忙！」

「…………」

出海聽了我所聲明的決心，也同樣興奮地表示願意追隨。

美智留則是亂尷尬地一邊搔頭，一邊嘆氣。

「因為如此，我冀望在往後，我們『blessing software』能發展得越來越蓬勃……」

「不不不不不，阿倫，你在講什麼？小澤村和霞之丘學姊都不在了，你覺得社團還能維持下去啊？」

「不～～～～住口住口住口，妳別提那些～～～～～～！」

「啊，學長！」

美智留冷靜點出天經地義的事實，形同朝我的心精準地開了一槍，我不行了……！

沒錯，今天是我們「新生blessing software」的成軍典禮。

這也就代表，過去曾有「前」blessing software存在……

那支團隊裡，有替作品圖像操刀的王牌，負責角色設計／原畫的柏木英理（英梨梨）；以及為作品打下基底的先鋒者，負責劇本的霞詩子（詩羽學姊），她們倆就是君臨於社團的兩顆不落之日……

「坦白講，上一款遊戲是靠她們兩個的人氣才紅的嘛。現在這個社團與其說少了『飛車』跟『角』兩種棋子，其實是『王』跟『玉』都沒了吧。」（註：在日本將棋中，「飛車」與「角」相當於象棋中的「車」與「象」；「王」與「玉」則相當於「將」與「帥」）

「啊、啊、啊……啊啊啊啊啊～～！」

雖然我好奇哪邊才是「玉」，不過在發現無論問出什麼答案都沒意義以後，我不行了……！

（註：將棋的正式比賽中，是由段數低的挑戰者持「玉」先攻）

「學、學長，冷靜一點，不要緊，不要緊的喔……」

「咦……？」

於是，被一箭穿心而跪下來的我眼前，冒出了兩團渾圓物體……

不，那是把手放在我肩膀，並且溫柔地低頭望著我的出海的胸脯。

「學長的社團才不會消失……不，我絕不會讓社團消失！」

「出、出海……！」

我可以感覺到，自己這顆差點凍結的心，正逐漸被那柔軟的雙峰融化……不對，被她的笑容融化。

出海在社團成員中年紀最小，而且她算新面孔，過去更曾經是我們的競爭對手。

然而，出海卻已經在這個社團裡牢牢地紮根，還展現出聖母般的風範……

「……不要緊，學長。像那種女人，我立刻就會讓你忘掉。」

「…………出海？」

可是，在下個瞬間，她的笑容漸漸黑化扭曲了。

「澤村學姊背叛了……她拋棄了倫也學長……光是這樣就罪該萬死。」

「啊，不是，沒有啦，英梨梨接了商業方面的工作……」

「那也一樣！」

「是、是喔？」

從出海背後，翩然長出了黑色羽翼……我似乎正陷於如此的錯覺。

那就像詩羽學姊進入超級病嬌化的境界時……對了，出海完全沒談到詩羽學姊耶。以立場而言，她明明跟英梨梨同屬繪師這一邊。

「背叛者一定要肅清才可以……因此這一次，我波島出海同樣會將澤村．史賓瑟．英梨梨驅逐出去……」

「妳們不是在冬COMI和好了嗎！」
「不，誰敢讓學長痛苦就是我的敵人！」
「出海，拜託妳不要往怪咖的方向發展啦！」
還有，妳那樣會跟詩羽學姊的角色形象稍微重複，我覺得那也是個問題。
妳想嘛，同屬性的角色要對抗，學姊那邊未免太具優勢……
「哎～要說的話，也難怪那兩個人會離開啦～」
當我如此神馳於出海的將來（指人氣方面）時，這會兒美智留大概是想安慰我，就關心地拍了拍我的肩膀。
「難怪是什麼意思？還有別踢了。」
……問題在於拍我肩膀的並非手掌，而是腳掌。
「畢竟那兩個人等於是在社團裡求生失敗嘛。我跟阿倫像一家人，才沒被波及就是了。」
「求生是什麼意思……？」
「簡單說呢……」
說到這裡，美智留若有深意地看了房門那邊……
「來，準備好可以乾杯嘍……咦，你們怎麼都呆著不動？」
此時，開門走進房裡的是個穿圍裙，留鮑伯短髮的女孩子。

她手裡拿著的托盤上，擺了怎麼看都像親手作的開胃菜，以及四人分的玻璃杯。

無論模樣與態度，感覺都十分自然地融入了這個家……

「那兩個人就是被小加藤趕出去的吧？該說是大老婆發威嗎～～？啊哈哈哈哈哈～～」

「惠、惠學姊下手的嗎……？」

「呃，我沒有聽到你們剛才的對話，所以只能靠推測來反駁就是了，別再替我加上厚黑屬性好嗎？」

來者完全不看場面……不對，也許她就是故意不看場面，一臉發愣地承受眾人朝自己注視而來的目光。

難不成，這傢伙真的有鬼……

「還有，連安藝都用那種懷疑的目光看我，我覺得相當說不過去耶。」

「唔！對不起對不起對不起！」

「……順便告訴你，被你用害怕的態度對待，我也覺得不舒服。」

直到去年，這位前同班同學都負責擔綱「啊，原來妳在喔」的笑點，可以說活躍得神龍見首不見尾，到了今年卻被揭出「其實惹到她後果會很恐怖」的真相。

然而，其外表就一般標準算可愛，是個讓人想不到除了用「普通的美少女」以外還能怎麼形容的女生。

豐之崎學園三年A班，加藤惠。

目前，加藤對眾人看待的目光多少有些錯愕，然而還不至於被這點事嚇倒的她，正淡定地在桌上排起餐盤。

「出海，可不可以幫我倒茶到杯子裡？」

「好、好好好好的！請交給我吧，惠學姊！」

「……拜託妳不要把冰堂同學說的話當真啦。」

結果，那樣的她俐落地忙和起來以後，房裡的模樣與氣氛頓時改變了。

桌上擺了食物和飲料，凌亂的房間得到適度整理。

而且，在加藤面前，所有人不知道為什麼都會乖乖地各自幫忙準備。

……不對吧，這是誰的房間啊？這個社團的代表又是誰啊？

「來吧，安藝，請你帶大家乾杯。」

「好、好啊……」

「要振作喔，社團代表。」

「……好。」

在我心情不太舒坦時，就聽見了加藤隨口表示的關心。

這就是她攏絡人心於無形的技術嗎？不愧是厚黑屬……當我沒說。

「呃，那我講一小段話。」

被加藤催促的我站了起來，這次所有人都抬頭望著我，沒有亂起鬨。

「確實像美智留所說，我們『blessing software』之前剛面臨存續的危機。」

所以，身為社團代表，現在我得認真、（盡自己所能）帥氣地把場面主持好才行。

「發生了許多事情，有苦有辛酸，有傳達不了的心意，有事與願違的狀況，使得我們一次就失去了兩個重要伙伴。」

對於以往一起打拚過的舊伙伴，那是我要表現出來的骨氣。

「然而，在那當中更是有喜有樂，有不用話語也能表達的心意，有心有靈犀的感觸，使我們獲得了經驗、回憶與其他莫大的資產。」

對於今後要一起打拚的新伙伴，那則是我要發表的宣言。

「因此，今天我想接納以往發生過的所有事，坦然地跟大家一塊兒慶祝。」

而且，在新舊成員中……

對於和我一樣拚命，不，對於比我更拚命地想留住伙伴，而且從頭到尾都站在我這邊的人，那更是我要遵守的承諾。

「敬我們『blessing software』第二次全新的啟航……乾杯。」

「「「乾杯～」」」

四人展露笑靨，四個杯子碰在一塊兒。

雖然說，用瓶裝茶舉杯為盟感覺很廉價。

不過，那份意念堅定、強盛而濃烈……

那會成為將我們「blessing software」牢牢繫在一起的牽絆。

「以、以後請多指教！呃，照學姊的輩分，我應該叫妳小姑！」

「其實妳有找碴的天分耶，黏著阿倫的小跟屁蟲。」

……呃，這次總不會中途拆夥了吧，沒問題吧？

第一章 劇情提要公開時，內容只有寫到這裡

「唷，倫也！」

「喜彥……」

早上開班會以前，學生們陸續湧進了三年Ｆ班的教室。

在些許聲音會被輕易蓋過的嘈雜環境中，一如往常地用不識相且輕浮的大嗓門向我打招呼的人，叫做上鄉喜彥。

「我們今年也同班耶！」

「那些話在上星期的開學典禮都講過了吧。」

應該說，早在去年就講過了。

沒錯，含男女同學在內，喜彥他正是三年來從一年Ａ班、二年Ｂ班、三年Ｆ班始終與我同班的唯一一個傢伙。

……欸，這種混宅圈的泛泛之交就是我在學校唯一的伴，感覺也亂寫實的。

「好啦，你在寫什麼？冬季動畫總評？還是三月上市的輕小說書評？」

「你就算升上三年級也不打算跟我認真講話，對吧？」

喜彥一面看著窗外，一面拋來跟一年前（動畫第一集）一模一樣的問題，心思似乎都沒有放在跟我聊的話題上。

「沒那回事。基本上，你最近都不更新部落格，我對新作資訊很飢渴耶。」

「我在忙的事太多了……要情報自己去找，用你的腳或眼睛或上網都可以。不過要靠網路，就別信任第二手資訊。務必要找出第一手來源，別光聽傳言下判斷，別被刻意操作的資訊迷惑。還有這是最重要的，別涉足那些會抽廣告費的網站。」

「……最後那個有必要講嗎？」

「哎，所以嘍，你今年不要太指望我。我想我身為消費型御宅的活動大概會相當低調。」

「搞什麼啊，你要脫宅嗎？莫非是御宅收藏全被頭一個交到的女朋友擅自丟掉了？你總不會因為那種丟臉的理由被迫脫宅吧？」

「才沒有！如果有人敢那樣對我，就算是女朋友也一樣要分手！」

喜彥說的話絲毫沒有觸及我的心靈創傷，我冷靜機靈地迴避了他的質疑。

追根究柢，搞出那種事的是表親而非女朋友，因此我並沒有睜眼說瞎話。

「聽好了，喜彥。對我而言，這次要執行的是相當重大的任務……我要從御宅族躋身到上層行列就靠這個重量級企畫……」

「喂，倫、倫也，你看……」

「拜託，我說你啊，都到了三年級還擺那種態度？」

「沒、沒有啦，可是……」

於是，當我沒好氣地抬頭看了以朋友而言反應實在非常非常非常沒誠意的喜彥以後，就發現他並沒有望著窗外，而是指著教室裡……說得更精確點，他正指著我的右邊。

而且……

「早，倫也。」

「早、早啊。」

……不知不覺中，有個嬌小的金髮雙馬尾少女正站在那裡。

「上鄉同學，你也早。」

「早、早早早早早早早哇，澤村同學！」

她那聲出乎意料的「早安」，讓喜彥不知道該把手指頭指去哪裡，還心慌地一邊揮著雙手，一邊用怪聲道早。

不過讓喜彥慌成那樣的女方，感覺對那種失心瘋的反應已經習慣了，她若無其事地坐到自己

座位上。

……是的，坐到我旁邊。

舉止如此淡定……不對，舉止像個普通的高中女生，不會太強烈也不會太低調的她，是從今年起跟我讀同一班的同學。

從小學時期就覺醒為御宅族，到中學時已經晉升牆際社團，才華比出海更加早熟的十八禁同人作家。

然而，其外表（儘管身材寒酸……我是指嬌小）卻有如富家千金……呃，雖然她實際上就是富家千金。

豐之崎學園三年F班，澤村．史賓瑟．英梨梨。

目前她坐在自己座位一一回覆四周學生毫不間斷的「早安」，因此特徵明顯的金髮雙馬尾正搖曳生姿。

「喂，倫、倫也，看到沒有？澤、澤村同學向我打招呼……！」

「她剛才對每個人都有打招呼吧。」

喜彥顧忌左右壓低了音量，卻還是難掩興奮地巴著我講話，這也怪不得他。

「可、可是、可是啊，對方是鼎鼎大名的澤村．史賓瑟．英梨梨耶。」

「對啊，不過就是澤村．史賓瑟．英梨梨罷了。」

讀一年F班、二年G班時的澤村．史賓瑟．英梨梨，可是個傳奇人物。

有著擔任外交官的英國人父親，日英混血的資產階級。

在繪畫方面更發揮出莫大的才能，從一年級就君臨美術社的王牌寶座。

一如其頭銜及外表，其全身散發著讓人看了會忍不住退一步的千金氣息……

因此只有少部分勇敢的同學，或者幸運地隸屬同社團的美術社員，敢跟那樣的她搭話。

……以上，是到去年為止的定論。

「倫也，我再問你喔，你真的跟她是……」

「嗯，我們國小國中都讀同一間。我並沒有隱瞞的意思就是了。」

「不、不是啦，我要問的不只那個……」

「我們兩家也住得很近。她家就是從我家可以看見的山丘上那棟房子。只要有人問我就會說。」

「你裝蒜裝得那麼不自然，到最後反而會引爆眾怒喔。」

「……好啦，不講那些了，上課鐘響嘍。」

大約從今年年初開始，那樣的她，被人傳了一些奇怪的八卦。

據傳：「從豐之崎兩大美女變回第一的美女，和豐之崎第一臭宅男有不恰當……錯了，有不可思議的來往關係。」

從冬COMI……寒假結束以後，我和英梨梨的關係，面臨了要說是微妙……倒顯得幅度略大的變化。

以往就算在學校裡（視聽教室除外）碰面，何止不跟我講話，就連正眼都不瞧我一眼的英梨梨，忽然開始跟我一起走路上學，態度還變得莫名親暱（像在視聽教室時那樣），除了畢業已近的三年級以外，全校學生都被徹底搞迷糊了。

畢竟，兩年來都遠遠觀望的那些人，從未見過英梨梨生氣、鬧彆扭還有巧笑倩兮的表情。

何況讓英梨梨露出那些臉孔的人，是在學校裡被認為和她距離最遠的我，這一事實更加深了眾人的困惑。

何況何況，遭到懷疑的兩人，居然在升上三年級時變成同班，還分到相鄰的座位……

何況何況何況，同班且座位相鄰的兩人放完春假後，距離感又再度產生變化，營造出像是「奇怪？他們是不是又微妙地拉開距離了？」的氣氛，所有人的腦袋自然為此充滿了「？？？」的符號。

……哎，更多訴說不完的隱情，都詳載於過去的各類文獻（正篇第一～七集）當中，希望大家能參考。

啊，還有參考文獻（Fan Disc和Girls Side）的補充資料也一併請大家多多指教。

於是，當我神馳於最近發生的許多事，包括一些根本不想回憶的風波……

「……嗯？」

我的智慧型手機發出震動，告知有簡訊寄達。

「新作，有進展嗎？」

「…………」

隔壁座位的那傢伙特地利用手機訊號，傳了閒話家常的聊天哏過來，結果我用納悶的目光朝對方一看……

「…………」

那傢伙（英梨梨）卻刻意不看我這邊，一臉淡定地把玩著手機……呃，那個形容詞是別人（加藤）的專利，容我修正，總之她就是存心裝出對我並不感興趣的態度。

「還在斟酌內容結構。」

反正，鑑於她多少有不方便直接來攀談的隱情，我也試著用智慧型手機回訊。

「是喔，加油吧。」

於是乎，彷彿久候多時的下一句話……不對，下一段文字就傳來了。

對答節奏這麼快，被催促的感覺油然而生，因此我連忙回了下一段訊息。

「不用妳說我也會。」

「你那什麼口氣？該不會是衝著我來的吧？」

於是乎，英梨梨大概是對我反射性接話的內容不滿意，這次速傳速回的訊息就相當帶刺。

以我的立場，避免無謂衝突才是上策，基於如此明智的決斷，我盡可能挑恰當的詞來回訊。

「不，我完全、絲毫、一點也沒有衝著妳講話的意思喔。」

「你看，你的口氣還是亂糟糕的。你還在記恨啊？」

然而，對方似乎已經徹底偏掉了，感覺氣氛變得無論說什麼都會發展成口角。

……呃，我沒有錯吧？我回的訊息沒什麼毛病吧？

「什麼嘛，倫也！你不是原諒我了嗎！之前在東京車站講的那些話都不算數嗎！」

「將情緒全部消化掉也是要花時間的啦。這點事妳要懂啊！」

啊～看吧，透過文字媒體互動，就表達不出微妙的語氣，常會造成這種意外的差池。

呃，真的是意外喔。至少我是這樣覺得。

……真的啦。我才沒有記恨。

「啊～～講到東京車站我就想起來了！當時你那樣算什麼嘛！」

「妳說的『那樣』是指哪樣？話不講清楚，誰曉得妳在問什麼！」

「那樣就是那樣啊！你想嘛，就是……霞之丘詩羽跟你那個了嘛！」

「啊，那個喔……沒有啦，那個不就那樣了嗎！」

「我也聽不懂你那跟老媽子一樣的含糊語氣是在講什麼啦！」

在這場由文字媒體造成的無益爭執持續了一會兒以後……

「呃～……要說的話，我們才覺得莫名所以耶……」

「啊……」

「啊……」

到最後，我們的口角跳脫了文字，變成直接打動教室裡眾人心靈的響亮言語……

呃，我們倆在不知不覺中就扯開嗓門對罵了。

佳乃……蓮見佳乃老師今年依然是我的班導師，目前正心驚膽跳地看著吵個不休的我和英梨梨。

不對，看著我們的不只佳乃老師，被所有同學從全方位緊緊盯著的我，甚至可以從視線感覺到痛。

「…………」

「…………」

因為如此，我與英梨梨抱著空前絕後的尷尬心情，默默地坐回座位了。

天啊……終於……終於走到這地步了……

啊，不是，我跟英梨梨吵了幼稚的架，還在旁人面前穿幫，這件事固然不妥……

更重要的是，賣點在於「寫校園劇都沒有校園味」的這部作品，偏要搞出這麼老套的校園橋段，對我來說實乃一大恨事。

※　※　※

「欸～～喜彥，回家時要不要順便去一趟秋葉原？好久沒去了。」

到了放學後……

雖然剛才出了點差錯，即使如此，本著無論發生什麼事都絕對不描述上課場面的奇怪矜持，場景變成放學後的教室。

升上三年級，受到越來越跟不上課堂內容的洗禮，我為了稍微療癒心裡的疲憊，就找左邊的喜彥問了一聲。

「呃，可、可是……」

「怎樣啦？你有事情要忙嗎？」

然而，儘管我大發慈悲地開了金口，喜彥卻露出頗見外的客氣臉色，困擾似的看著我。

難道說，這傢伙靈敏地察覺到，我即將躋身為高人一等的生產型御宅，然後就覺得自己身為永遠沒長進的消費型御宅實在高攀不起……

「……倫也，從你那張跩得二五八萬又無可救藥的敗類臉孔，我就可以想像到你懷著什麼念頭，反正理由並不是那樣啦。」

「咦～」

結果，喜彥用了跩得二五八萬又無可救藥的敗類言行來滅我威風，接著還是客氣地朝我……不對，朝我後面瞥了一眼。

「……唉，我確實有一大堆事情想逼問你，不過今天看來並不是時候。」

「咦……」

然後，與那種不倫不類又窩囊遲鈍耳背到察覺不了喜彥目光所指方向意味著什麼的男主角有明確區隔的我，就靈敏地會了意轉向後面。

「那、那個，倫也。」

「唔，唔嗯。」

……於是在那裡，有個看起來非常非常有話想說的金髮雙馬尾少女。

「……你從上課中就一直被盯到現在了吧，自己要懂得警覺啦。」

「吵死了。」

我一面對喜彥酸溜溜地從後面拋來的促狹話應接不暇，一面跟似乎有許多話想講的英梨梨對峙。

「……呃，明明同學們都還沒回家，妳這樣行嗎？妳以前替自己堅守住的超高貴形象要怎麼辦？

「關、關於早上那件事。」

「怎、怎樣啦？」

「那、那個，我想，我也有一點點過錯……程度很～微妙就是了。」

況且，只不過早上跟我起了小口角，她的舉止就顯得非常記恨……應該說有所掛懷吧。這種忽然變得像小動物一樣嬌弱乖巧的傲嬌反應是怎麼搞的？理我理我理我要不然人家會死掉的小兔子目光？

「不、不過，要是你也能……再注意一下口氣就好了。」

「呃，我自己的態度鐵定也好不到哪裡吧。那鐵定是在跟妳嘔氣吧。鐵定是御宅族特有的陰險又煩人的記恨態度吧。」

「就、就是說啊，彼此彼此嘍。」

「在這世界上，吵架才不會全都錯在某一邊吧……只怪罪一邊就是霸凌了。」

「對、對啊……我們那樣是在吵架嘛。」

而且，光是料到我們之間的小小差池可以化解，就讓她喜形於色，感覺就大大地不妙了。

這樣下去，眾人崇拜的完美千金、豐之崎第一美少女澤村・史賓瑟・英梨梨的形象要崩潰，只是時間的問題……

「那、那麼，倫也……今天，我們一起回……」

「啊～他在他在～～！倫也學長～～！」

「咦？」

「咦？」

接著，英梨梨又冒出難保不會讓形象更加崩潰的言行，在此瞬間……

那開朗、無邪、純真且（大概）不具任何惡意的呼喚聲，就從教室門口傳來了。

何止如此……

「妳們看，在那裡的就是我的學長……社團代表倫也學長喔！」

「哦～～」

「原來，那個人就是波島的……這樣啊～～」

「……咦？」

「……咦？」

呃，一開始叫我的人是誰，我立刻就想到了。

畢竟，在這間學校會懂事地叫我「學長」的女生，我只想得到一個。

「出、出海……怎麼了嗎？」

然而，那懂事的女生……出海身後還帶了兩個看似學妹的女生，這就超出預料了。

「呵呵……我是來這裡炫耀自己的學長～」

「什……」

「什……」

而且，從她口中講出的理由，又讓情況有了震撼過頭的發展。

「新、新入學的女生結伴跑來找倫也……可惡，這就是美少女遊戲或女性向遊戲裡常有的落差萌效應嗎？以往不醒目的宅男改戴隱形眼鏡，馬上就變成注目焦點了嗎啊啊啊～～」

……話雖如此，聽見喜彥受了這麼大刺激，我倒想往後給他一腳就是了。

根本沒什麼落不落差，她們三個當中有兩個跟我是初次見面耶。

「沒有啦～其實是我說自己有參加遊戲社團，她們兩個都想知道細節，我就把人帶過來了。」

唉，這種情況鬧到最後，常會用「先讓人期待再落得一場空」的老套來收尾，出海報的消息八九不離十是那種套路……

「妳、妳們……對社團有興趣？」

「啊，是的……我是跟波島同班的野崎美奈。」

「我叫古橋真奈美。請問請問，學長在冬COMI有推出遊戲對不對？感覺好厲害喔～」

「咦、咦、咦？」

跌破眼鏡的是，事情根本沒收尾，也一點都沒有期盼落空的感覺。

「所以嘍，倫也學長，要是方便的話，現在可不可以來舉辦社團說明會呢？走嘛，到社辦，應該說……到視聽教室！」

「說、說明會……？」

「好嘛，說不定她們都願意加入社團啊！」

「啊……呃～波島，我還沒有拿定主意耶。」

「不過不過～我覺得似乎很有趣啊～」

「這、這樣喔？」

哪門子的大滿貫啊……？

難道接下來要走美少女遊戲中常見的南柯一夢式結局……哎，受限於諸多規範，遊戲裡往往是為了跟絕對無法攻略的親生○○觸發床戲才那樣安排，要是代換到我這邊……總之那些都無關緊要啦。

對於前陣子戰力大打折扣的「blessing software」來說，這或許是千載難逢的好機會。

畢竟，要是趁現在一口氣增加成員，集眾人之力迎向冬COMI，新舊人馬之間不時發生嚴重磨擦，又讓社團中途拆夥……

不不不不不，停下來。先別陷入那種老生常談的消極情境。

「等、等一下等一下，波島出海！我是說……學妹。」

當一群人聊得格外熱絡時，插嘴的正是對我造成那種心靈創傷的罪魁禍首（英梨梨）……

呃，我說過別再染上那種消極的思考了嘛。

「咦……澤村學姊，妳在啊？」

「啊唔……」

出海，妳絕對有注意到她吧。妳從剛才就一面和我講話，一面朝我旁邊的金髮學姊瞄了好幾眼吧。

「波、波島學妹，妳怎麼把朋友拖下渾水……呃，我的意思是，妳別邀她們加入奇奇怪怪的社團啦。那樣太委屈她們了吧？」

於是乎，儘管英梨梨先吃了出海一招，不過她還是勉強穩住陣腳，搬出去年以前的千金風範來對抗。

話是那麼說啦，妳在去年不就是那個奇奇怪怪的社團的成員嗎？

「妳怎麼能那樣斷言，為什麼加入社團就會受委屈呢？」

「因、因為……妳想嘛，遊戲才不是外行人輕輕鬆鬆就能作出來的東西啊。」

「不過，倫也學長一開始也是外行人……結果不到一年之內，他就做出在冬COMI留下傳說的遊戲了喔。」

「那、那是因為！……有我……有我和霞之丘詩羽……」

「英、英梨梨？」

出海和英梨梨之間的對立與其形容成龍虎鬥，倒更像蛇蛙相爭，出海的同學A及同學B一面觀望，一面還發出「咦～」、「好厲害喔～」這種活像加藤……呃，活像路人的台詞。

「我想要盡可能幫學長的忙。雖然我參加社團還沒有多久，即使如此，我還是希望讓『blessing software』經營起來。」

「可、可是、可是妳忽然就把圈外人……不對，妳竟然把外行的女生拉進御宅族社團……」

「呃，可是我們兩個都有點宅喔。」

「對呀，我們還會看深夜時段的動畫耶～」

「咦……？」

「這、這樣啊？」

結果，那兩個活像路……那兩個將來說不定會變成女主角的A同學和B同學坦承：「我們其實都算宅宅的～～」讓我們受了不小的衝擊。

「是的，我們是因為班上的座號順序而互相認識，不過在開學典禮一下子就靠御宅族的話題聊開了！」

「…………」

「…………」

而且，我擺了一副難以言喻的臉色，看著這麼容易就在身邊交到宅圈朋友的出海。

對於害怕被迫害而低調地當個御宅族的英梨梨來說。

還有，對於一面受到迫害，一面仍拚命堅持當個御宅族的我來說。

這幾個學妹之間的關係，實在匪夷所思……

「這樣還是不行嗎？對御宅族社團感興趣，難道不可以嗎？」

「～～唔！」

「啊……」

出海表達出的那種認真、直率、純粹，以及……

以及太過耀眼的態度，終於讓無法承受的英梨梨從教室落荒而逃了。

她一面逃，頭上一面冒出縷縷白煙（想像畫面）。

臨走前撂下的台詞則是：「別～以～為～妳這樣就贏了～～！」（反正是想像畫面）。

「……學長？」

「嗯？什麼事，出海？」

「所以，關於社團說明會……」

「啊，對喔……那我們走吧，到視聽教室。」

「這樣好嗎？呃，澤村學姊她……」

「原來妳會介意那些啊……」

「那、那是因為……我擔心自己是不是講得太過分了一點……」

「哎……我想不要緊啦。」

「那樣太不負責任了……」

「這話由妳來說就……」

哎，剛才英梨梨逃走時幾乎快要飆淚，要說我毫不在意她那醜態畢露的落水狗背影，確實倒不至於。

即使如此，為英梨梨操心的同時，我似乎找到了一絲希望。

英梨梨升上三年級以後，正逐漸在「改變」。

她開始用正常態度對待喜彥這種身分卑微的……呃，這種不熟的男生了。

她不再戴那張對誰都和善，卻又崇高得難以親近的千金面具了。

聽了沒營養的閒話會一副無聊的樣子，對於好玩的話題則會露出由衷的笑靨。

像這樣，她開始慢慢地顯露本性了。

英梨梨打算拋開矯飾。

因此，只要等個半年，名為「澤村同學」的千金小姐肯定就不復存在了。

然後跟大家同班的「英梨梨」應該就會融入三年F班。

「英梨梨」的路要怎麼走，我想應該可以從出海剛才跟同學之間的關係找到提示。

不用靠英梨梨的處世技巧，也不用靠我的推廣技術，屬於御宅族的日常生活，應該正在等著那傢伙——對此我懷有希望。

※　※　※

「啊。」

「啊……」

「……惠。」

「……嗯。」

「妳、妳正要回家嗎？」

「呃，差不多……」

「是、是喔……」

「…………」

「…………」

「那我走了。」

「啊……」

第二章　就算**戲份少**，也夠**顯眼**了對不對？對吧！

「啊……」

社團說明會結束，當我拖著疲倦步伐離開鞋櫃，校庭已經讓即將西下的夕陽染成暗紅色了。

體育社團的活動也差不多告一段落，社員們鬧哄哄地動手收拾，那景象跟青春電影中的場景一樣充滿活力，而且令人莫名懷念。

話雖如此，我剛才發出的「啊……」，並不是觸景生情的感嘆……

「詩羽學姊……」

因為在我的目光穿過校庭以後，就看到了有個女性佇立在校門那裡。

沒錯，那個人佇立在校門前，然而，她是一位女性，並非女學生。

不知道從什麼時候就在那裡的她，正一派自然地靠著門柱，對其他回家學生的視線絲毫不以為意，「一如往常」地埋首於書本。

從今天春天起，「不再」和我念同一間豐之崎學園的學姊。

高中時榮獲某家出版社的新人獎以後就出道寫小說，全套處女作累計銷量突破五十萬冊，下一部作品也順利起步，名聲正逐漸鞏固的人氣作家。

然而，那副外表與其用作家稱之，倒不如說她是個容貌、烏黑長髮、上圍……抑或身材都令人聯想到作中角色的美女。

早應大學文學系一年級，霞之丘詩羽。

剛才，那樣的她朝我這裡瞥了一眼，便闔上讀到一半的書，從口袋裡拿出手機……

「唔哇……」

「你在磨菇什麼，倫理同學？還不快過來。」

「是……」

然後，她從五十公尺遠的地方打了電話給我。

「你為什麼不馬上過來？只要你趕過來大大方方問一聲：『等、等很久了嗎？』我就會回答：『沒有啊，一點也不久，啾咪♪』然後親密地勾著你的手走了。」

「我就是知道學姊不會那樣做卻會那樣說才不敢靠近啦！」

等我到了校門，詩羽學姊當然沒有露出「啾咪♪」的嫣然笑容，而是十分不高興地訓了我一頓。

「縱然如此，你見了人卻沒有當場動作是什麼居心？對於專程來等你出校門的女人不覺得失禮嗎？照那樣下去，我差點就空等五小時以上，落得哭哭啼啼地讓警衛在關門時間來關心的下場了。」

「呃，不是啦……對不起。」

「……哎，你只是停在原地而沒有逃走，從這一點倒是可以給予肯定。」

「……謝謝。」

還有，儘管我一會兒被學姊發了這麼大的火、一會兒吐槽、一會兒被她耍性子、一會兒對她吐槽，然而我的臉到現在還是沒有面對她。

我一會兒作勢反抗，一會兒看旁邊、一會兒無奈地仰望蒼天、一會兒低頭裝成在賠罪……

「跟我講話時要好好看我這邊。」

「唔哇！」

詩羽學姊不允許我那樣躲來躲去，就當著低頭的我眼前，用自己往上瞟的臉孔來了個大魄力特寫……嚇得我連忙後退。

「那我們走嘍……陪我喝個茶總可以吧？」

「嗯……」

哎，學姊對於我擺那種態度的理由，心裡大概也相當有數，就沒有多責怪我了。

從學校到車站這段路。

匆匆走在前頭的詩羽學姊等都不等我，彷彿有把握我一定會跟上。

我走在她後面，既沒有肩並肩，也沒有落後，只維持一步之隔，慢吞吞地跟著。

隔著僅僅一公尺的距離，我茫然地望著學姊那頭烏亮長髮輕盈搖擺的模樣。

是因為彼此立場有了改變，她的身影看起來才比以前成熟嗎？

還是因為彼此關係（不知為何地）有了改變，才導致如此的呢……

畢竟，從「那個瞬間」過後還不到一個月。

如果是演動畫或連續劇，這時候畫面就會用慢動作之類的特效將「那個瞬間」仔細回顧一遍，因為那段劇情實在太過震撼。

只要閉上眼睛，我現在還是會想起詩羽學姊那柔軟、溫暖、嬌媚的嘴唇觸感……不對，當時我的腦袋變成空白一片，什麼都記不得了。

※　※　※

之後，過了十幾分鐘。

我們倆的身影，就出現在平時那間木屋風格的咖啡廳了。

「那、那個，詩羽學姊……」

「什麼事？」

「……呃，大、大學……感覺怎麼樣？」

「我沒去學校喔。反正現在只有新生訓練活動，又沒有在上課。」

「不不不，新生訓練活動才應該去吧，要翹的話翹課堂就好了！」

不對，其實兩邊都不能翹掉啦。

「沒關係啊，反正身為出版業界人，我只是需要『早應大中輟』的頭銜。」

「早應大在業界的認知真令人搖頭耶……」

實際上，據說從早應大進入那個業界的人士，運用的人脈或績效主要都是在學期間靠打工建立起來的，我還聽說他們打工忙到根本沒空拿學分。

此外，以上消息來源是在不死川書店擔任副總編的町田苑子女士（早應大中輟）。

「那、那麼，詩羽學姊……」

「好啦，什麼事？」

「唔，我說啊。」

「嗯？」

「…………」

「你那種吞吞吐吐遲遲進不了正題，擺明在挑戰玩家耐性的窩囊男主角態度是怎麼了？」

「不不不，在這種情況下難免要窩囊的吧！」

實在無法繼續承受羞恥心苛責的我，舉起了右手亂甩。

……於是乎，詩羽學姊從剛才就一直握著我不肯放的雙手也跟著亂甩了。

此外，從我們在位子坐下來以後，學姊連點餐都一直維持這個狀態，因此我到現在一口水也沒有喝到。

「差不多十五分鐘了……哎，照倫理同學的倫理觀來想，大概就這樣嘍。」

「對不起，我並不覺得反感，事情並不是學姊想的那樣啦～～！」

只是，之前出過那種狀況，真的會讓我陷於每過一秒就減壽一天的感覺。

「不要緊喔，你是為了不讓我丟臉才拚命撐過來的，對不對？」

「詩、詩羽學姊……」

「那麼，最後讓我按一按這個可以刺激性慾的穴道……」

「停停停停停！」

「呼，呼，呼……！」

我終於從詩羽學姊施展的絕技（招式名稱：幸福擒拿手）逃出生天，喝了一口早就冷掉的咖啡，想讓心情鎮定下來……

「不過，謝謝你願意見我……之前我做出那種事，無論你開出多殘忍的要求，我都無法拒絕才是。」

「噗！」

於是我就嗆了一大口咖啡。別說了，別再說了。

「對啊，比方說，就算你帶著下流的笑容要求：『詩羽學姊現在要當場脫掉○○，再裝上這顆××在公園用狗的姿勢散步……對了，關於那顆××，我也不確定什麼時候會按下開關，不過妳要忍耐喔。』那我也只能接受命令……」

「我不會做那種要求！我才十七歲！」

「是嗎？那我會期盼你的十八歲生日……」

「到時我也還是高中生！連成人遊戲都不能買！基本上，我就算滿了十八歲也不會做那種要求！還有期盼是什麼意思！」

肢體接觸完以後又換成口頭折磨……詩羽學姊太高竿了……

「沒有啦，抱歉。其實我也尷尬得不知道該怎麼和你相處，才會有這些舉動……」

「就算那樣，要是學姊能用普通一點的方式來表達尷尬就太好了！」

倒不如說，我怎麼看都覺得學姊只是樂得戲弄我罷了……

「這樣啊，波島找了候補的新社員……」

「結果她們覺得似乎很累人，都不願意加入就是了。」

「反正，八成是波島跟你洋洋灑灑地談同人談過頭了吧？所以對方才會被你們嚇跑。」

「對不起，請不要說得像過程全看在眼裡一樣精準。」

後來，設法克服掉那種尷尬（？）的我們慢慢聊開了。

儘管一個月前，我們曾經發生那麼嚴重的決裂……仔細一想，這裡不就是當時的現場嗎！真虧我和詩羽學姊可以毫不猶豫地走進來耶。

「是嗎，你跟澤村同班啊……那應該滿尷尬的。」

「呃，不會……要說的話，我們偶爾還是會有口角，不過是我決定要尊重她的判斷的啊。」

「或許你覺得無妨，不過並不是任何人都能那樣接受吧？」

「學姊是指……」

「換個話題吧，加藤過得好嗎？」

「欸，那樣真的有換話題嗎！」

我們的話題，始終是以社團……「blessing software」的事情為主。

社團最近的動向、新作的事情、新成員的事情，乃至於其他成員的事情。

對彼此來說，那算最容易有交集的話題。

不過，學姊和我已經不是同一個社團的人了。

「哎，你最好留意那兩個人喔，畢竟加藤厚黑得從外表看不出。」

「對不起，那個她本人真的很介意，請不要拿來當開玩笑的材料。」

「可是，要跟她或澤村為敵，你也曉得哪邊才恐怖吧。」

「對不起，我不想再回憶那種恐懼了，請不要把那當成開玩笑的材料！」

即使如此，我們可以像這樣一個接一個地聊社團的話題，正是因為她已經退出的關係吧。

正因為立場上跟社團沒有直接關係，才好讓我發牢騷或吐苦水，講那些既沒營養又無聊，甚至不方便對社團成員說的話。

學姊肯不肯聽我訴苦呢？

「對了，你向加藤打開天窗說亮話了嗎？」

「要說什麼？」

「說我成了你的第一個女人……」

「噗！」

「要是說出來，這次你會受到什麼樣的對待呢，倫理同學？她會一如往常地淡定帶過，還是又會變得連話都不肯跟你說……」

「那種事情不是拿來跟別人講的啦！還有學姊，妳不要用那種既不算對也不算錯的微妙字眼（第一個女人）來形容自己！」

「唉，我真想立刻找她說一聲ＵＣＣＵ……對了，有的事情用電話就可以講了嘛。有的想法是只用聲音就能表達的嘛。」

「和人講話講到一半還打電話給其他人並不合禮節吧！」

……明知道講了也是自討苦吃。在各方面來說。

「那麼……詩羽學姊，妳那邊狀況怎麼樣？」

「我說過啦，我從開學典禮後就沒有到大學……」

「不，我是問《寰域編年紀》那邊。」

「…………」

因此，得意而忘了形的我，就在吃過苦頭後順便問了那件事。

那大概是我最不想聽，而且也最想聽的事情。

同時，那大概也是她最不想提，而且也最希望告訴我的事情。

「該怎麼回答好呢……要是我眼神發亮地說：『目前呢，是我人生中最充實的時刻！』然後像你平常那樣打開話匣子，到時你會有什麼反應？」

「……我會一邊陪笑，一邊在心裡哭泣，可是我也會盼望遊戲發售的那一天！」

「你說的簡直像那回事呢。好比咬牙切齒地偷看老婆被其他男人帶上床，下半身卻很有反應的窩囊丈夫那樣耶。」

「詩羽學姊，妳的比喻在上大學以後越來越下流了！」

「你想嘛，我在年齡和職業上都已經脫離倫理規範了啊。即使講這種話也完全不成問題。」

「不，我認為以社會觀感來說問題可大了……」

一如所料，學姊絲毫不肯透露，雖然我也絲毫沒有認真探聽的意思就是了。

※　※　※

「唔哇，一片漆黑……」

「我們似乎待了滿久呢……我一點都沒注意到天色。」

看向時鐘，不知不覺已經過了八點。

看來我們聊得太起勁，兩個人都徹底失去了時間感。

「好了，我要回家小睡片刻，然後應該會重擬劇情大綱到早上。」

「明天起就認真到大學上課好不好？我記得要是沒事先選課，會拿不到學分對不對？」

「大學真麻煩……」

「詩羽學姊，妳是由學校推薦入學的吧。要是念不到一年就中輟，我們學校的推薦名額會被砍掉耶。」

結果，近兩個小時之中，我一直被耍著玩。

今天的詩羽學姊比平時還要黑心偏激，也比平時更加勁爆。

……彷彿想一口氣填補幾天沒見面的缺憾。

呃，先不管方式健不健全。

「那麼，你也要加油喔，倫理同學。」

「哎，我根本還沒想過升學的問題就是了。」

「不對，我不是指那個……」

「啊……」

離開店家以後，勁爆的詩羽學姊就變得安分一點了。

「主持社團要加油喔。製作遊戲要加油喔。寫劇本……要加油喔。」

「詩羽學姊……」

學姊帶著一絲絲的慵懶，有點無精打采地再次緊握我的手。

「雖然我說這種話，或許只會傷到你……」

「沒那回事。」

因此，我被學姊那些許的柔弱騙住了……不對，纏住了……呃，倒也不是那樣……

然而，不知怎麼的，我就是回握了那隻溫暖的手。

「能讓鼎鼎有名的霞詩子期待，想到這一點，我就擠得出勇氣了……等我這邊的劇情大綱也完成，請學姊務必幫忙挑毛病。」

「……你還願意和我見面嗎？」

「當然了！我們可以互相關心工作進度啊。」

「真是讓人不敢領教的約會方式。」

詩羽學姊一面回話，一時之間，還俏皮地微微噘起嘴唇。

……看起來是有那種感覺。

「還有，要是我從媳婦熬成婆，下次就請學姊一起幫我想點子吧！」

「哎呀？媳婦熬成婆是用來比喻苦盡甘來的喔。你好歹是想當寫手的人，犯這種程度的錯誤會出問題呢。」

「……無關緊要的部分可以不用吐槽得那麼嚴厲嘛。」

「對吧？校稿的人真的很愛計較呢。真想跟他們說：『沒有人會在意那些啦。』」

「呃，跟校稿的人作對不好吧。妳平時都有受到他們關照吧……」

在昏暗的夜路上，我們牽著手。

而且，一路慢慢走到車站的我們，簡直像……

「欸，倫理同學。」

「怎麼了？」

「現在的我們，感覺好像一對分手過而且關係匪淺的男女朋友，這樣的發展是不是很讓人期待之後會復合呢？」

「為什麼要講成已經交往又分手過，然後還要再復合啊！」

「來了……新作大綱的靈感來了！情非得已分手的兩人。然而他們對彼此仍有眷戀，每次找機會見面，都情不自禁地發生關係……最後女方出現了原因不明的身體不適。心存擔憂的她用了某種檢驗劑，沒想到結果居然是——！」

「那種情節在Fantastic文庫會被徹底封殺吧！」

「也對，那我到M文庫出書好了……所以嘍，我們現在就去取材吧，倫理同學？」

「妳打算去哪裡取材！妳打算怎麼取材！還有，那方面的取材麻煩妳找町田小姐！」

呃，當然，我之後就直接回家了喔……

第三章　以往可有對**過夜**劇情如此缺乏**危機意識**的作品？

「我想想，劇情大綱要在四月底之前擬出。然後，出海的人設作業用五月一整個月來完成，大致上是這樣。」

四月中旬。新學期開始後的第二個週末，在我房間裡。

有我跟加藤一邊沐浴在春天灑落的陽光以及和緩旋律下，一邊和上週一樣窩在室內開遊戲製作會議忙到不可開交的身影。

「沒問題嗎？大綱的期限改成黃金週結束前會不會比較好？」

「不，五月初難得有連假，我想讓出海在那時候將人設作業一口氣往前推進。」

我們今天討論的議題，是面對冬COMI的遊戲製作期程規畫。

之於製作遊戲……不，之於世上充斥的各種團體作業的初期階段，這都不可或缺，可謂攸關企畫成敗的一大要務。

「可是，去年你也一直說自己會寫好，但到最後大綱實際完成是在黃金週的最後一天對不對。」

「唔……」

……沒錯，去年的企畫就是因為沒把這道工夫做好，進度才會像那樣搞得一團糟。大家要記得喔！

「而且你還寫到清晨對不對？到最後，上學也遲到了對不對？」

「加藤，虧妳記得那麼清楚……」

「身為被你硬是拖著一起遲到的當事人，那是當然嘍。安藝你已經忘了嗎？」

「不……我哪有可能忘啊～」

「我想也是。」

沒錯，我不可能忘記。

去年連假結束後，第一天（第一集第六章）上學的事情，我才不會忘。

弄成一團糟的那個場面，即使現在回想，依然會讓我羞愧得抱頭打滾。

而且，鬧得歡樂無比的那個場面，即使現在回想，還是會讓我害羞得泛淚。

從那一刻起，我們才真正開始做遊戲，關於那些，我才不可能忘記。

「…………」

「怎樣？安藝，你沉默超過五秒鐘會讓人心裡發毛耶。」

「被妳搞砸了啦！我難得機靈地在內心發表的獨白被妳搞砸了！」

「安藝，所以你估計人設作業要多久期間？」

儘管加藤不時會像這樣穿插吐槽，我們的討論仍嚴謹地進行著。

「含修圖在內，差不多兩個月……用六月一個月修完，然後再著手畫角色站姿圖吧？哎，這部分不跟原畫家（出海）確認也說不準。」

「劇本方面可以跟人設一併動工對不對？」

加藤一邊剝著擺在桌上的夏柑，一邊臉色認真地問起往後的規畫。

關於她那十分認真的視線並不是對著我或螢幕，而是投注在剝到一半的果實上面這一點就不提了。

「嗯，當然了。所以劇本是從五月開始動工……一直做到八月整個月結束吧。」

「那樣的期間夠嗎？工作天數只跟去年差不多耶。」

「不要緊，沒問題的。反正我們有去年的經驗……」

「可是，去年連霞之丘學姊也遵守不了那樣的期程耶。」

「唔……」

加藤依舊一面將視線投注在夏柑，一面用往常那副淡定的臉色，精準得一如往常地戳中我的痛處。

「再說，原畫方面最後也拖成了那個樣子，要是不好好地規劃出有餘裕的工作期程，之後會有許多問題……」

「……欸，加藤。」

「嗯？怎樣，安藝？」

然而，那張淡定臉孔在一瞬間所露出的細微破綻，我並沒有看漏。

破綻是出現在……

「為什麼妳在劇本方面就有提到負責人名字，原畫那邊卻只說『原畫方面』？」

「…………………………我稍微口誤了啊。並沒有其他意思喔。」

「分明就有吧！妳沉默超過五秒鐘會恐怖到不行耶，拜託妳不要那樣！」

她提到最近堅決不肯直呼其名的那個好朋友時。

「畢竟……唉。」

加藤剝完厚厚的果皮以後，又將整個果實扒開，開始剝起薄薄的白絡。

「欸，加藤，妳和英梨梨之間還有隔閡嗎？」

「……以我的立場，反而才想問你呢。」

「問什麼？」

「你真的覺得，用那種聽不懂我想講什麼，簡直跟『美少女遊戲裡常見的遲鈍男主角』一樣的態度會管用嗎？」

「拜託妳不要用那種婉轉的詞來逼我好嗎！」

或許是因為加藤剁白絡太專心，或許是因為談到的話題傷到了她自己，那副淡定臉色中暗藏著微妙的緊繃。

「結果到最後，我還是沒辦法體會英梨梨的心情。」

「是喔……」

「她是抱著什麼想法，才決定辭掉社團的呢？為什麼她會覺得離開安……離開我們也不要緊呢？」

「那個嘛，我想大概是創作者的天性吧？」

我大口嚼著加藤剝完遞來的那一瓣夏柑，並且淡定地……不對，並且用了故弄玄虛的態度來對待她。

「你能體會嗎？關於那所謂的天性。」

「像我這種只是想當創作人的半桶水哪有可能懂啊……以目前來說，還不能。」

「還不能啊……」

即使如此，加藤似乎還是無法接受，就講出了以往和某個病嬌（詩羽學）……和某個情緒化（詩羽學姊）的女性一模一樣的話。

「可是，或許我將來也會變得能理解……也會碰到做出相同決定的那一刻。」

「安藝，那就表示，你將來也有可能拋棄社團……」

「拜～～託～～妳，我說過自己目前還不懂吧。」

「啊～～不行。我現在想到英梨梨的事情，心裡還是會有疙瘩。」

加藤似乎到現在仍無法釋懷，還甩了甩頭，像是在鞭策那樣的自己，然後把剝乾淨的另一瓣夏柑放進自己口中。

「您是不是要找：我戀愛了嗎？」

「麻煩你不要說那種話。要是間接扯上關係怎麼辦？還有那樣實在太噁了，安藝。」

「等一下，最後那句台詞有必要撂給我聽嗎？」

我希望她除了鞭策自己之外，不要還拿其他人開刀就是了。

還有這種情況下的「間接」是什麼意思？實在委婉到讓人聽不懂是什麼意思耶。講國語要標準啦。

「哎，總之，差不多該讓腦袋冷卻了啦。妳最近有記恨記過頭的傾向喔。」

「……你懂什麼呢？」

「比如妳一生氣就可以兩個月不跟我講話，而且誰都扳不倒妳，感覺超級恐怖，對於這些，我自負已經理解得相當夠了～～」

「第一女主角能添上屬性真是太好了～～」

「我並不歡迎那種麻煩的屬性耶～～」

加藤就是像這樣，靠著拿我出氣來控制對朋友的情緒，或許是為了聊表歉意吧，她遞了第二瓣夏柑給我。

「不提那些了，這個好酸喔～～」

「要抱怨，請抱怨從長野寄夏柑過來的老家……」

「啊～～你們兩個，要甜蜜就要甜蜜，還是請你們顧及我的存在好不好～～」

「……………………討厭啦，冰堂同學，我們哪有可能那樣嘛。安藝實在太噁了。」

「那是值得玩兩次的哏嗎！」

……面對從剛才就一直在房間彈吉他的美智留，加藤這次回答得比足以出問題的五秒鐘快了一些些。

※　※　※

「唔哇，真的好酸～～！」

「那也是妳的老家喔，寄東西過來的地方。」

加藤因「某種因素」而離席，進度會議暫時休會，我房間裡的空氣得到了舒緩。

在那種放鬆的氣氛中，美智留一邊大口吃著加藤離去時留下的大量夏柑（剝好的），一邊露出跟我們剛才一樣的表情。

……之後是不是灑個砂糖上去比較好？否則根本不能吃。

「話說回來，阿倫。」

「怎樣啦。」

「小加藤完全都不會對你客氣耶～～」

「……她八成沒想過自己會被妳那樣說。」

「哎，我對任何人都一樣不懂得客氣，某方面而言算人人平等啊～～」

「妳該不會覺得自己的那種態度是優點吧？」

整個人直到剛才都被徹底忽略的美智留，似乎鬧了那麼點脾氣，正一邊戳著我的額頭一邊發

牢騷。

明明是她自己拒絕參加會議又堅持要彈背景音樂的，真是個善變的傢伙。

「還有阿倫……你剛才的態度，也不是御宅族用來對待女生的態度喔。」

「誰教對方是……」

「不可以用『誰教對方是加藤』當理由喔。」

「唔……」

是的，我最近想到一個問題：為什麼我身邊的女生，都這麼擅長對我先發制人？

或者說，單純是我最近太窩囊……老是都處於被動而已？

「基、基本上，妳今天是來做什麼的？妳從剛才就只顧彈吉他不是嗎？」

「那還用問嗎？我是來開進度會議的啊。」

「要是那樣，妳從一開始就該好好地參加討論……」

「我當然會參加啊。只要談到『icy tail』的行程，我就會參加啦。」

「………………哦～」

「等一下，你總不會說自己忘了吧，經紀人？」

「……喔，哦～」

嗯，我當然忘了。

回想起來，上週在「icy tail」的聯絡人群組裡，印象中是有談到那些事。不對，與其說是有印象，我已經擱到回憶角落去了。

「之後我還想多來幾次耶～你想嘛，今年一開始不就很猛嗎，阿倫？接二連三地那麼激烈，即使我拜託要休息，你也都不聽～」

「妳在講演唱會對吧？除此之外不會是別的事情吧！」

哎，當時確實就像她說的那樣。

去年秋天，我開始在美智留隸屬的動畫歌曲系女子樂團「icy tail」擔任經紀人（這是她參加「blessing software」的交換條件），冬COMI結束以後，我從今年初就正式開始替樂團打理經紀活動了。

每個月兩次，密集時則是每週末，更密集時甚至會連續排週六日兩天的演唱會場次，相對於興高采烈的美智留，我一方面要承受其他團員的怨恨及哀傷目光，一方面則始終嚴謹地扛起分量超重的經紀工作。

……說真的，我並不是在逃避社團裡關係不和的現實喔。

即使如此，雖然由我自己招認滿說不過去，當時我們跑活動的方式當真是超乎常軌。

真虧美智留能一邊跑完那麼吃力的行程，一邊升上三年級。

哎，不管那些，積極的活動收到了功效，如今她們的存在，已經深深地滲透到秋葉的演唱會圈子，不曉得「icy tail」名號的人甚至會被當成不長眼……呃，我是指有眼不識泰山。

「我們啊，還想爬得更高喔……」

「是、是喔。」

於是，現在走到這一步，原本就大有意願挑戰主流音樂的美智留會這樣說，也是十分自然的演變……

「這個嘛，我希望春天起也可以每個月一場……不對，每個月辦兩場演唱會。」

「每、每個月兩場？」

「不准你說辦不到喔。因為今年一開始的時候，你確實辦到了啊。」

不，妳那套說詞有問題。

沒有其他工作時，我確實可以用那樣的步調，幫樂團做各種安排……

不過，就算是瞎貓碰上死耗子，各種工作多虧如此才會一項接一項的來，這種現況下還要求保持相同步調，未免太狠了吧，編輯大人。我在叫誰編輯啊？

「還有，我想在今年之內出ＣＤ耶～～」

「Ｃ、ＣＤ？」

「在那之前，要先寫出兩位數的原創歌曲才可以呢～～沒什麼啦，不要緊。雖然確實會很累，不過為了我們的夢想，這根本不算什麼喔。」

……不好意思，假如妳說的「我們」有包含我在內，之前我提出「三年內要以商業合作的形式獻唱動畫主題曲」的目標就被拋到一邊去了，這是為什麼啊？

「哎～～今年似乎會很忙耶。『icy tail』等不及要主流出道了！」

「妳要不要畢業？要不要升學？」

「呃，我沒道理被阿倫那樣講吧？那算迴力鏢吧？」

「不、不是，並不是那樣！我最近也有考慮到升學喔……」

沒錯，總之先在御宅族業界的專科學校弄個名義上的學籍，要是遊戲紅了就可以把我的大頭照登在那間學校的雜誌廣告上，再擺副跩臉搭配「別放棄夢想」之類的幼稚標語，這就是我正在研討中的雄雄野心……

「反正！」

「唔……欸，美智留……」

忽然間，美智留把我推倒在床鋪，還撲到我身上。

不知道她是對自己舉出的目標之高亢奮得顫抖，還是想像到自己成功的模樣而陶醉。

「我會加油喔……阿倫，我會把你榨到求饒，讓你說自己連半滴都擠不出來了～～」

「妳講的是演唱會行程對吧！那樣語感就兜不起來了，講國語要標準啦！」

還是說，呃～～唔～～……她就是在發情……不對，她是在發奮圖強嗎？

「阿倫……」

「美、美美……」

「我洗完澡嘍～～果然頭髮一短就乾得很快，真輕鬆。」

「…………」

「……是、是喔，辛苦了。」

不過加藤惠在這種時候，果真安心可靠。

呃，妳並沒有守在門後等時機出面吧？

※　※　※

「……這樣一來，安藝接辦的工作就有製作人、總監、企劃、劇本、程式碼、樂團經紀人，一人身兼六職耶。」

「是、是啊……」

之後，所有人洗過澡，東京〇X的動畫也演完了，就在超HIGH的電視購物節目開始播送時，遊戲製作社團「blessing software」與女子樂團「icy tail」的進度會議再次召開了。

……另外，鄰近車站的末班車已經開走，因此在這個時間點所有人都回不了家，確定要留下來過夜。

「你的神經正常嗎？」

「是、是啊……」

「唔哇……」

而且，加藤一開口就賞了這句淡定又冷漠的貴言，不只是我，連美智留都有點不敢領教。

「哎，光是能揭開這樣的現狀，我會覺得還好有先試著排定期程……」

「對吧？對嘛！這正是社團邁入第二年累積起來的經驗值～～應該用『這、這傢伙……和去年判若兩人』或者『怎麼可能！難道短短一年就成長到這個境界了嗎！』來形容……」

「安藝，你好吵。」

「是、是的……」

「唔哇……」

接著，加藤第二次開口就拋來了這種淡定又冷漠的目光，不只是我，連美智留都有點畏懼。

看吧，這傢伙很恐怖吧？我沒唬人吧？

「這樣不卸下其中一項工作實在撐不下去喔，安藝？」

「咦～～現在要阿倫卸掉經紀人工作會很困擾耶～～我們這邊好不容易才上軌道的說。」

「……即使如此，我們在去年已經理解到，光靠夢想和拚勁是沒辦法成事的。」

「加藤……」

加藤說那句話時，表情顯得微妙地扭曲、懊悔與哀傷。

雖然從平時微薄的情緒表現看不出來，可是，這傢伙真的打從心裡喜歡這個社團，而且，正因為如此，她仍懷著後悔之意。

加藤是認為，假如我或者她自己再振作一點，哪怕只有暫時也好，「blessing software」大概就不至於瓦解。

而且英梨梨和詩羽學姊，大概也不至於出走。

「總之，先把程式碼全部交給我……另外，感覺我能做的應該是總監吧……欸，安藝，總監是不是負責隨便挑毛病，說一些『唔～～感覺不對耶～～……雖然我說不出是哪裡不對』之類的意見好讓整體作業延宕的工作？」

「不，妳等一下，加藤。」

「可是，假如不設法解決，今年又會趕不上冬COMI……」

「話說妳現在腦袋完全沒在運作吧？其實妳超睏的吧？」

「咦～～才沒那種事呢……」

「奇、奇怪？喂～～小加特～～？」

「我說過不要那樣叫我……冰堂同學～～」

「啊，醒來了。」

加藤表現出那一點點的抵抗，也不過短瞬而已。

彷彿剛想起自己是個人類的她，眼皮悄悄地垂下了。

「啊～～這次她真的睡倒了……」

唉，加藤到我家時，已經事先將社團的工作期程規劃出一個雛型，我從那時候就料到大致的情況了。

這傢伙在昨天八成也沒睡多久。

「哎，讓她靜一靜吧。」

換句話說，加藤剛才會對我露出那麼冷漠的舉止，只是因為她睏了……

「我不滿意你那種高高在上的態度～～……」

「啊，她又醒了。」

「別因為那種小事又特地爬起來啦！」

後來，加藤在徹底入睡以前，差不多把同樣的話重複了八次。

※　※　※

『欸，現在，真的要在這邊做嗎？』

『……妳會害羞？』

『與、與其說害羞，要是把她吵醒怎麼辦？』

『不要緊……妳看，她睡得多熟。』

『可、可是……啊！』

『怎樣，妳嘴巴上排斥，其實還不是……』

『誰、誰教、誰教你……啊！』

「……唔，嗯嗯嗯？」

星期日早上七點，白晃晃的晨曦從窗戶照了進來。

在○本電視台正準備活躍的那個日子及時段，忽然間，像殭屍甦醒一樣跳起來的人是……

「剛、剛才……咦？」

「喔～～加藤妳醒啦，早安……欸，妳別想逃，美智留！」

「小、小加藤，救救我……阿倫他……阿倫他不肯讓我睡啦～～」

「……咦～～」

當然就是這幾個小時之間，都精疲力竭地在床上熟睡的加藤惠。

剛醒來的她，似乎還掌握不了現在這種情況，正一臉傻愣愣地揉著眼睛，並且看著我和美智留激烈推擠的模樣。

「來，美智留，再一個小時就可以結束了！乖乖照我的話做！」

「不要，我不要了……我、我已經……！」

「……呃～～反正我大概看得出接下來的笑點是什麼，能不能請你們做個解說讓所有人都可以了解狀況？」

面對一大早就纏鬥得如此激烈的我們，加藤一邊甩頭讓自己醒眠，一邊面無表情地用平板的語氣問道。

沒錯，她一邊還凝視著位於我們面前，映在電視畫面上的特藝彩色二次元美少女。

「妳問得好，加藤！這款遊戲正是以往曾獲得萌○電玩大獎的作品……『只』將個性十足的女主角們的魅力描繪到極限，因而獲得玩家瘋狂支持的○雷作……的家用移植版，裡頭同時還收錄了ＦＤ的追加劇情，可說是頂級的……」

「啊～～好了好了，我明白。簡單來說，就是你逼著冰堂同學玩美少女遊戲對不對？像你平時對我做的那樣。」

「咦？什麼？小加藤妳平時都像這樣被阿倫逼著玩遊戲嗎？那算什麼？用美少女遊戲家暴的老公還有得了依存症的老婆？」

「抱歉，冰堂同學，我同情妳現在的遭遇，但是我不想原諒妳剛才說的那些話。」

「啊～～我亂講亂講亂講的！救我，救救我啦，小加藤～～！」

※　※　※

「……欸，這是什麼情境？」

「好笑吧？原本的劇情應該是『主角瞞著睡在同房間的雙胞胎妹妹偷偷和雙胞胎姊姊親熱』，移植家用版就莫名其妙地做了修改，變成『主角瞞著睡在同房間的雙胞胎妹妹偷偷和雙胞胎姊姊熬夜玩雙六棋』了！」

「……啊～～是喔。」

附帶一提，在電腦版當中，這個場景用的姿○是後○位……雖然我是聽說的！

「那麼，為什麼你要讓不是御宅族的冰堂同學，來玩這麼挑玩家又偏門的美少女遊戲呢？」

「沒有啦，我熬夜熬太瘋就不由自主……」

「唉……那樣會留下心靈創傷啦。冰堂同學真可憐。」

「會、會喔……」

『不對吧，目前平平靜靜地玩著這遊戲的妳也聲稱自己不是御宅族啊。』我忍住了心裡想說的這句話，搔了搔臉頰。

再提到美智留，她剛才還在床上用被單蓋著頭發抖，後來馬上就冒出安安穩穩的鼾聲了。根本沒造成心靈創傷嘛。

「唔～抱歉，安藝。這款遊戲實在沒有地方可以稱讚耶。總覺得劇情有夠不自然……」

「這樣啊……原來網路上『原作優點絲毫沒有保留下來的爛改編』的傳言都是真的……」

「等等，你聽過那樣的評價還讓我們玩？而且你自己都沒玩？」

「不是啦，妳想嘛！我最近都忙著擬新作的劇情大綱！」

「唉……夠了。反正我要當一直按○鈕按到結局為止的機器。」

加藤嘀咕完以後，就專心在拿著遊戲手把的指頭上面，開始節奏飛快地將訊息跳過了。

……呃，妳那種速度幾乎跟快轉未讀劇情一樣了。

「……欸，加藤。」

「嗯～～怎樣？」

然後，在加藤開始連打○鈕後過了幾分鐘。

畫面上出現了突兀得讓人想問「怎麼忽然搞成這樣？」的嚴肅劇情ＣＧ，還播了感覺非常廉價的催淚配樂。

「我們的步調，稍微放慢一點也可以吧？」

「可是不趕快玩完這個……反正在跑完一條劇情線以前，你都不會放我走對不對？」

「啊，不是，現在並沒有在談地○作……我講的是社團活動。」

「安藝……？」

我借助那段肥皂劇的力量，換上了僅限此刻的微認真模式。

「還沒有開工，妳就拚命思考把自己逼得那麼緊，只會一下子就喘不過氣喔。」

「啊……」

剛才，我趁著加藤睡覺時一直在思考這些。

現在我仍一面慎選詞彙，一面玩味自己要說的話。

「基本上，為什麼妳要自己扛起問題呢？社團代表是我耶。」

「那是因為……」

那是因為，加藤內心受了傷。

因為她覺得，去年我埋下的敗筆是她要負責。

「不過……唉，謝謝妳。」

「…………」

還有她對這個社團，八成已經有了感情。

而且，那是深厚得遠遠超出我想像的感情……

「可是呢，不過就區區的遊戲嘛。」

因此，我想回報加藤的那份心意。

「還有，不過就區區的樂團嘛。」

正因為如此，我希望她能和我一起，慢慢地來思考。

「不過就區區的學業嘛。不過就區區的出路嘛。不過就區區的……人生嘛。」

思考能讓我們社團的所有成員都變得幸福的未來。

逞強時也要抱著積極正面的想法。

要對抗什麼時則應該攜手協力。

我們要用那種方式，替自己挑尺寸合身而又最中看的衣服。

「哎，的確啦，不過就區區的遊戲嘛。不過就區區的樂團嘛。不過就區區的安藝嘛。」

「我說啊，最後那句有必要嗎……算啦，無所謂。」

加藤握著遊戲手把，朝坐在旁邊的我，貼近了一點點距離。

她並沒有像英梨梨那樣把頭靠過來。

也沒有像詩羽學姊那樣用身體緊緊貼著我。

然而，在那稱不上肌膚之親的肌膚之親當中……

我可以感覺到，加藤的些許心意。

「……抱歉，安藝。這款遊戲我還是玩不下去。我可以放棄嗎？」

「只剩終章了啦，加把勁玩完！」

第四章　姍姍來遲的**第一女主角候補**（哥哥還妹妹？）

「稀客稀客……虧你肯來寒舍，倫也同學。」

於是，時間來到四月二十九日。

終於進入所謂黃金週假期，外界開始變得格外躁動的約一星期之間的頭一天。

「……伊織，你剛才的發言有三個錯誤。」

對同人活動者參與者來說，之後中小型販售會將接踵而至，這是他們會帶著慘綠臉色跟原稿奮戰至最後一刻的日子。

相對地，商業作家則會碰上「黃金週進度規畫」這句將截稿日提前的咒語，這是他們（理應）喪失一切生氣而成為行屍走肉的日子。

「首先，你自己又沒有什麼貢獻，卻傲慢地將父母為你蓋的家講成『寒舍』。」

哎，那些不知道來自什麼人的怨言暫且不提，在那樣的假期午後，我來到了略偏都心西邊的某戶人家。

「再者，這間獨棟房屋是位在離都心稍有距離的寧靜住宅區，你錯把如此優良的物件評估為

『寒舍』。」

離車站走路十分鐘就到的那戶人家，是落成不到一年的新房，有種潔白新穎得尚未溶入周圍景物的感覺。

「另一個錯誤則是……」

「學長，歡迎你來！……咦，哥哥你在做什麼？」

「沒錯！我來這裡是受了出海邀請，並不是為了見你，你可別誤會了喔！」

就這樣，從剛才就待在玄關前吵那些不想吵的問題的我，總算遇到自己要見的人物了。

「你真冷淡耶，倫也同學，面對從三十分鐘前就在這裡待命的我，不應該用那種口氣吧？」

「不，基本上，我何止沒拜託你出來迎接，就連要來拜訪的事都沒有告訴你就是了！」

當我確認過門牌上寫著波島，一臉緊張地準備按門鈴的那個瞬間，玄關的門忽然打開，接著出來露臉的這傢伙就笑著撥了撥瀏海，麻煩各位想像看看我在當時會有什麼表情。

「對不起，學長，是我昨天不小心跟哥哥說的。平常他放假絕對都會跟女生出去玩，想到他不會在家的我一放心就……」

「不，出海妳沒有錯。錯的是身為御宅族卻每次放假都出去約會，身上散發出現充氣場的這個傢伙！」

「呃，你怪罪的方向是不是不太對？」

在我拜訪下，如此出來迎接的兩個人當中，不請自來的「哥哥」是與我同學年的別校學生。

從國中時期就運用國中生不應該會有的溝通能力及人脈，一度當上comiket闖口社團代表的油嘴滑舌型同人投機客。

而且他為人正如其頭銜，屬於又痞又做作又嘻皮笑臉，讓同性都敬而遠之的那種煩人傢伙。

櫻遼高中三年二班，波島伊織。

「那麼學長，我們到我的房間吧……哥哥，你不要進來喔。」

「呵……請隨意，倫也同學。」

目前，在玄關門口撥瀏海耍帥的他受到妹妹冷冷應付，正帶著做作的笑容杵著不動。

……呃，這種傢伙敘不敘述根本沒差就是了。

※　※　※

「你真的來了耶，學長！從你說會來玩已經過了一年嘍～」

「呃，那是因為對御宅族來說，到女生家玩的門檻太高了。」

所以說，這裡是女生房間。

如假包換的高中一年級女生的房間。

徹徹底底的客場。

在這樣的危險地帶，或許會讓人故意用天氣熱當藉口打開窗戶，或者不小心照平時習慣坐到床鋪上而害羞得滿臉通紅。

呃，即使我做出像女主角一樣的舉動也只會讓人噁心，因此我不會那樣做就是了。

「那麼學長，我們要從哪裡開始呢？在這裡的，都是有歡笑有淚水又能萌的當代首選女性向遊戲……對了！這時候還是從我們的原點兼抵達點開始吧！來玩上個月剛發售的《小小戀情狂想曲３＋》！」

「啊～～不對，我今天不是來玩遊戲的……」

「咦～～這樣喔，好不容易多了兩個可攻略的角色耶……」

不過，出海這樣的招待方式，給了我在女生房間待下去的力量。

沒錯，這裡是女生的房間……卻也是御宅族的房間！

書架上琳瑯滿目的少女漫畫、女性向遊戲和動畫ＤＶＤ，還有牆面上滿滿以小小狂想為主的海報，都拋來了天使般的微笑告訴我：「這裡並不可怕喔。」

出海，這裡真的跟我的房間好像耶。

「總之，請學長先喝杯茶休息一下吧……啊，杯子要用賽希爾還是克彥呢？」

「……我選克彥好了。」

接著，出海從擺在架子上的小小狂想3玻璃杯組中，拿了印著克彥和幹也的兩個杯子，開始倒瓶裝飲料。

嗯，出海，妳做的事情也跟我好像。

這塊地方多麼舒適啊……

「那妳已經習慣高中生活了嗎？」

「是啊！豐之崎的環境果然不錯耶～～大家都好親切，對御宅族也沒有偏見。」

休息的我一邊享用飲料和零食，一邊從正面將出海看了個仔細。

今天她穿的是附貓耳的連帽上衣，看來就像家居服，衣著有些許御宅圈的可愛調調。

這種將動畫設定逆向輸入到原作的理想合作形式……我是指出海穿成對御宅族來說親切十足的模樣，還直接坐在地板上，用雙手捧著玻璃杯小口小口地喝飲料的模樣很有二次元味，提供了更進一步的舒適感給我。

這樣一來，要是她表示：「其實呢，今天我爸爸和媽媽都會晚回家……」或許我就無法冷靜地應對了。

……呃，我明白目前狀況是她那煩人的大哥會一直在家裡，因此剛才的比喻並沒有任何意義就是了。

「其實，我在決定志願學校時煩惱滿久的喔。因為要考豐之崎，感覺家計和學力方面都需要稍微加把勁才行……不過，現在這些都值得了～」

「喔，是這樣啊。」

的確，我入學後過了兩年，一直都是想做什麼就做什麼，至今仍然沒有人把我當成討厭鬼，或許就是因為這所學校意識夠高……不對，胸襟夠廣的關係吧。

歷年來的班導師佳乃和山城老師，也實在很好哄……我是指他們都屬於明事理的老師。

從那方面來看，好不容易進了不錯的高中，有個戴假面具的御宅族就畏首畏尾過了頭，直到現在還是一樣……

「接下來，既然好不容易考進了豐之崎，我要努力不讓自己落後才可以～學長，像考試前就要請你教我讀書嘍。」

「……關於那方面，我想妳別找早就學業落後的學長，去跟至今依然在努力的學姊（加藤）求教會比較好。」

「這、這就是……嚴禁攜出、非相關人員不可閱覽的『blessing software』第二部作品的企畫書！」

「不，沒那麼誇張啦。」

「我、我真的可以讀嗎……？」

「當然嘍，因為妳已經是我們社團的首席原畫家了。」

閒話家常的我們聊得頗為起勁，照這樣下去會一口氣議論到御宅界近況，當我產生只聊本季動畫就要用掉一整天的危機感時，就拿了一本文件給出海，好進入今天的正題。

■同人遊戲企畫書（第二版）　二〇××／〇四　安藝倫也

「我是希望妳先讀完一遍再告訴我意見就是了。」

用不著我這麼說，出海已經在翻閱了。

她的視線早就不在我身上，而是埋在只有成排文字又乾澀無味的整疊紙裡面。

「還有，其實這才是今天的正題……」

■工作成員：

企劃：blessing software

劇本：安藝倫也

原畫：波島出海

音樂：Mitchie
總監：安藝倫也、加藤惠

「出海，我希望妳也可以一起出主意。」
雖然上面有「第二版」的字樣，雖然日期寫得像在四月完稿。
不過，和初版相較之下，實際大幅更改過的只有一小部分。
「希望妳從插畫家的觀點來給我意見。」

差異在於，「企劃：安藝倫也」改成了「企劃：blessing software」。

逞強時也要抱著積極正面的想法。
要對抗什麼時則應該攜手協力。
按照與加藤立下的誓言，我稍微改變了社團的方針。
以往的「blessing software」，都是把我的任性擺在第一。
由我把自己想做的東西推給成員，讓遠比我優秀的創作者們將其實現，對我而言相當理想，

旁人看來卻覺得扭曲的社團。

即使是現在，我仍相信我們如此製作出的遊戲無懈可擊，然而當中發生過許多勉強的狀況，也曾出現破綻。

那是因為，沒多大才幹的我憑一己之力，硬要帶動那群比我更有能力的人。

所以，成員們變得神經緊繃，社團代表成了她們的壓力及負擔……或許是這麼回事。

「……假如這項企畫本身讓妳覺得不滿意，妳直說沒關係。要是那樣，我們就從頭開始一起重擬企畫書吧。」

因此，新生的「blessing software」會從「決定做什麼」的階段就集思廣益。

既然我的力量不足以帶動大家，那麼，從一開始就找大家合力來帶動社團就行了。

當然，這種方式也有滿大的風險。

畢竟，只要任何一個人沒有鬥志及能力，企畫就會碰壁。

烏合之眾會比之前的我更拿不定方向，讓企畫和社團都跟著瓦解。

「哎，那種情況下，工作期程會比現在定的還吃緊就是了。」

然而，我找來的這些成員並非等閒之輩。

無論以往或以後，唯有人選這方面，我都不會覺得自己的決定有錯。

所以我要比以前更信任成員，勇於託付，也勇於仰賴。

而且我也要讓成員比以前更信任我，成為足以受託，也足以仰賴的人……

「……倫也學長。」

「妳讀完了嗎？那麼，要是有什麼意見……」

過了十幾分鐘以後……

一邊來回翻閱，一邊埋首細讀企畫書的出海不久就嘆了口氣，把文件整理好放在我眼前。

接著，她用認真的臉色望了過來，這麼告訴我：

「能不能請你現在馬上出去呢？」

「…………咦？」

※　※　※

「奇怪，倫也同學～你怎麼待在這裡？該不會是跟出海培養出氣氛正要衝的時候，你發現對三次元還是沒轍，就匆匆逃出來啦～～？」

「要你囉嗦……」

結果無精打采地下樓來到波島家客廳的我，就受到一副清閒地正在消化預錄累積的深夜動畫

的伊織熱烈歡迎（？）了。

「要不要我教你那種時候該怎麼應對比較好？首先呢，要擺出嚴肅的表情，告訴她：『抱歉，我很珍惜妳。所以我怕傷害到妳。』藉口講完以後再……」

「要你囉嗦……」

心裡差點對伊織那種親切（？）態度屈服的我，只好強迫自己打起精神，並且嘔氣似的沉沉坐到伊織對面的沙發上。

此外，這時候畫面上播出的某部自行車動畫，正好演到兩個視彼此為勁敵的三年級學生為了山路成績而鬥得火熱的場面。

唔，我本身比較推薦候補的二年級成員就是了。

「原來如此，她看了企畫書啊。」

「我完全不懂出海是對哪裡不滿意……」

我在客廳一面喝著剛沖好的紅茶，一面把剛才發生在二樓房間的事情告訴伊織。

呃，當然是因為對方死纏爛打一直問，我才只好說出來，並不是因為我無助得認為找誰商量都好喔，可不要誤會了。

「欸，倫也同學。能不能讓我也看看那份企畫書？我好奇裡面是寫了多瞎的妄想才會讓出海

對你傻眼。」

「聽你鬼扯。」

我一面沒好氣地說，一面「按照盤算」把剛才讓出海看過的那疊紙遞給了她哥哥。

「先講清楚，不准你抄襲喔。」

「這份企畫要是有趣到讓我想抄就好嘍。」

「吵死了。」

然而，伊織對我大發慈悲的舉動並不感激，還十分輕浮地翻起企畫書。

面對他那種無禮又故弄玄虛的口氣，我一面用佛祖般平靜的心容忍，一面往紅茶猛加糖包。

……接下來只要在伊織專心讀企畫書時，趁機調包我們這兩杯紅茶就行了。

「……嗯。」

「所以說，你覺得怎樣？」

不知道該不該說他們果然是兄妹，伊織讀完企畫書所花的時間，幾乎和出海一樣。

「取向跟前作變得可真多。」

「這才是我原本想要做的內容啦……哎，這到底只是個雛型，之後說不定會再改……」

「話說回來，這對劇本寫手的負擔很重呢……你真的打算一個人執筆？霞詩子不在還這樣分工？」

「……那我會設法克服。」

「哎，就算現在先不追究品質問題，以量來說也會相當龐大吧。你要一個人完成這些？而且還兼任總監和製作人？」

「……我說過會設法克服了嘛。」

伊織讀完以後，從他口中冒出的意見有理得令人惱火，那使我超不爽。

直到去年都在闇口龍頭社團「rouge en rouge」兼任總監及製作人的他，果然不是蓋的。

「還有，上面提到角色會沿用前作的第一女主角，假如柏木英理不在還要推出同一個角色，會不會對接手的原畫家造成壓力？」

「啊……」

沒錯，他厲害得在轉眼間，就指出了連我都沒注意到的問題……

再次起用前作《cherry blessing》的第一女主角叶巡璃，是這款作品……不對，是「blessing software」的基本概念。

追根究柢，既然社團的創立動機是「將某個不起眼的同班同學塑造成讓人小鹿亂撞的第一女主角」，其概念就不能更動，否則「blessing software」製作遊戲就失去意義了。

結。

然而，在第一款作品《cherry blessing》，女主角的設定和柏木英理筆下的造型產生了強烈連結。

「難道說，被直接拿來和英梨梨比較會讓出海覺得痛苦……？」

「哎，那種可能性確實並不是沒有。」

續作、或者沿用其他作品角色的新作，無論如何都註定會被拿來和原本的出處做比較。

而且像那種跟風的作品，除非品質能大大地超越前作，不然免不了要蒙上「想沾前作的光賺一票而顯得意識低迷的廢作」這樣的罵名。

換班底製作續篇時，真的要好好思考這個部分喔。

也許，這是條死胡同。

這個社團的第一女主角，非得是叶巡璃不可。

然而，叶巡璃的形象已經在柏木英理筆下定型了。

既然如此，在這個社團擔任原畫家所需的資質，就是心靈要能承受那份壓力，或者能力更勝於柏木英理……

「不過，出海把你趕出房間，我想並不是那種意思喔。」

「咦……？」

然而，理應是要提醒我有這麼個嚴重問題的伊織卻……

「假如你太小看我妹妹，那就傷腦筋了……」

態度依舊讓人摸不清的他，喝起了應該早就冷掉的紅茶。

「你那是什麼意……噗！」

於是，學著他一起端紅茶就口的我，不由得被甜到牙都要化掉的滋味嗆慘了。

……這傢伙居然趁我煩惱的時候把紅茶調包。

「學長，讓你久等了～～！」

「咳咳，咳咳……咦？」

當我被整團梗在喉嚨的砂糖嗆得死去活來時，二樓傳來了大聲開門的聲響，還有頗為興奮的女生嗓音。

「學長！你在嗎？咦？不在下面嗎～～？學長去哪裡了～～？」

「出、出海……」

可是，我的身體狀態應不了聲，只能咿咿喔喔嗚嗚嗯嗯的亂哼。

「啊～～倫也同學說他被妳趕出房間，就一副失魂落魄地回家了喔。」

「咦咦咦咦咦～～！哥哥，你怎麼沒把他留下來啊！」

……結果，我追上用全力往車站跑的出海，是在那之後過了五分鐘的事。

※　※　※

「這些是……咦！」

在我再次走進出海房間的瞬間……

房裡與剛才截然不同的模樣，只讓我啞口無言。

「呃～～我放到哪裡去了……」

直到剛才，房間裡的御宅族色彩濃厚歸濃厚，還是整理得井然有序，如今卻有一整片散亂的紙張，幾乎連木質地板的顏色都看不出了。

而且那些紙，包括從素描簿撕下來的一頁、筆記本的一小角、甚至廣告紙背面都有，種類參差不一。

「嗯，大概就這張、這張和這張……還有這張吧？」

然而，出海趴在到處都是紙，連腳都沒有地方踩的地板繞了一陣子，然後像是終於找到東西那樣，撿了幾張紙起來。

「怎麼樣，學長？哪一張是你心目中的巡璃呢？」

「出海……？」

出海遞來的三張紙上都畫著女生。

「這張比較貼近柏木英理畫的造型吧？然後，這張比較貼近我原創的畫風。」

然而，無論髮型、表情甚至臉孔都各有不同。

「最後一張……有沒有貼近惠學姊的感覺？」

「這是……」

不過，那些圖，不折不扣都是叶巡璃的角色設計稿。

「這張呢，是我試著配合學長的第三篇範文畫的……你看，說話的口氣溫溫和和，臉色卻顯得氣炸了的感覺。」

不，不只三張圖。

那一張一張散落在地板上的圖，全部都是叶巡璃的草稿。

而且，每張圖都有微妙地更換髮型、表情及造型。

「然後，這是用第七篇範文搭配長髮畫出來的感覺。雖然我也試著畫了短髮跟馬尾，不過跟這句台詞最吻合的大概還是長髮吧？」

不、不對，何止如此。

那些造型，有其「變遷」的思路。

證據在於，從房間靠窗那一側到靠門這一側，髮型是由短逐漸變長的。

從床頭到床腳則是從面帶笑容開始，中間出現過慍色，再轉變成哭泣的臉孔。

斜向看過來，圖面則是從最基本的筆觸逐漸轉變。

……在那當中，有一百個如假包換的叶巡璃。

「出、出海，這些圖……？」

「學、學長覺得哪一張比較好？我是希望可以從這三張當中，挑一張出來……」

「不、不是啦，與其說那些……這樣好嗎？」

「咦？什麼好不好？」

「這個企畫……妳願意參與嗎？」

「咦，不是要在今天之內把第一女主角的人設調整到位嗎！」

「我沒有在任何地方排過那樣的進度，我自己都跟不上了啦！」

出海和我講的事情，從一開始就兜不攏了。

我首先在意的是出海肯不肯接這個企畫，出海則拿了圖稿討論要採用什麼取向的女主角來說什麼取向的故事，兩者的著眼處根本不同。

「學長，簡單說呢，巡璃就是女性向遊戲的主角啊！」

「呃，意思是，她的觀點和美少女遊戲相反嗎？」

「你想嘛，從女性向遊戲的觀點來看，當主角的女生總是在畫面外，不是嗎？可是實際上，身為攻略對象的那些男生所做出的反應，就是會讓她心跳加速、陶醉在其中或消沉沮喪吧？」

「我懂了，當成讓她實際出現在畫面裡就可以了……這麼說來，妳畫同人誌也是喜歡把主角畫出來耶。」

「沒錯，這個概念和我配得正好喔！畫巡璃感覺好有樂趣……等一下，學長你等一下！我又想到巡璃的新面孔了……我馬上就畫！」

然而，話題一兜攏以後，接下來就是出海獨秀的舞台。

我那些無謂的憂慮，都被她的才能與積極心態輕易克服掉了。

「要說我不在意柏木英理……英梨梨學妹，那就是騙人的了。」

「在職業繪師看來，那傢伙的圖給人什麼樣的感覺？」

「那個人的畫風……很恐怖喔，無論怎麼揣摩都沒辦法畫得像，怎麼迴避都會留下影子……真的非常讓人火大！」

「那是最棒的讚美嗎？還是最狠的咒罵？」

出海目前對英梨梨仍然會感到壓力。

即使如此，她努力在克服，實際上也正要克服。

承受得住柏木英理壓力的心靈，還有超越得了柏木英理的能力，出海都有可能納入手裡。

「相對地，倫也學長，你也要有心理準備喔。」

「是指什麼？」

「我似乎都習慣像這樣，擅自替角色做補充，還自己編故事……然後就常常挨哥哥的罵。」

「……今天我要來拜託妳的，正好就是那件事。」

『假如你太小看我妹妹，那就傷腦筋了……』

看來，那個製作人會自信滿滿地如此自言自語，似乎跟當哥哥的偏不偏心全然無關……

※　※　※

「哎，雖然說快五月了，天色一到這時候就黑漆漆了耶。」

「也是啦。」

結果，當我離開波島家時，已經過晚上八點了。

算起來，我和出海等於討論了近六個小時。

「話雖如此，企畫方面似乎談得相當有進展，這樣很好不是嗎？」

「途中我曾經被晾在一邊快兩小時就是了。」

「今天這樣還算好。畢竟做我的企畫時，她想造型差不多煩惱了五個小時。啊，之後你還是會被晾在旁邊好幾次，最好要注意喔。」

「你都心知肚明對吧？你明知道出海根本沒有在煩惱，還故意挑起不安對吧！」

之後，我留下了依依不捨地一直揮手的出海，並且莫名其妙地跟伊織一塊兒往車站走。

住宅區裡的生活圈道路上，既沒有行人也沒有車輛，不過路燈和月亮保有的照明亮度已經相當充足。

關係惡劣的兩個男人，漫步於那種沒什麼危險可言的路上，實在有種尷尬或沒勁的感覺。

而且對方是型男，更讓我心裡亂不爽。

不過，以今天來說會需要這樣的相處時間，因此也無可奈何。

「話說回來，伊織……」

「嗯？怎樣？」

「讀了我的企畫書以後，你覺得怎樣？」

「哎，你對二次元那種瞎到不行的妄想全都表露無遺，讀完反而覺得舒坦呢。範文的失控程度尤其明顯……」

「你覺得我能超越前作嗎？」

我硬是忍住想一邊哭喊「唔哇啊啊啊啊啊閉嘴閉嘴閉嘴～～」一邊朝伊織掄臂揮拳的衝動，並且壓低聲音進一步又問。

「照你的企畫水準，我覺得先擔心東西能不能確實完成會比較妥當。」

「唔哇啊啊啊啊啊閉嘴閉嘴閉嘴～～」

然而，實際賣出幾千片同人遊戲的幹練製作人所給的答覆，還真是毫不留情。

「不過，我剛才也說了，你的企畫對劇本寫手負擔太大。倫也同學，你真的打算一個人寫劇本嗎？」

「哎，目前我只有那種選擇。」

「那麼，可不可以讓我給你一個建議？」

「怎樣啦？」

「關於寫劇本的順序……先完成附屬女主角的劇情，再寫第一女主角會比較好。」

「為什麼？從哪邊開始寫要花的期間都一樣吧？」

而且，他接著提出的忠告，這會兒聽來格外具體，而且瑣碎。

「你對這個第一女主角（叶巡璃），應該放了相當深的感情吧？」

「那又怎麼樣了？」

「所以，你肯定會在寫完她的劇情線以後就用盡力氣……越是想將東西寫好的寫手，越容易掉入那樣的陷阱。」

然而，伊織談起那「瑣碎的細節」卻格外逼真，讓人有種被冰錐直指心窩的感覺。

「可、可是……也有遊戲光靠『想寫的那條劇情線』就成為傳說了吧？」

「倫也同學，製作人是不能將『傳說』納入考量的。你不應該去預料那些『預料外』的事。」

「唔……」

「你講的傳說屬於結果論。哎，創作者要相信願景是無妨……不過，誇下海口想搭順風車，結果卻完全得不到肯定，變得只會在網路上發牢騷表示：『我沒辦法紅都是業界的錯！』最後落得沒人理的創作者，簡直不勝枚……」

「啊啊啊啊別說了別說了別說了！」

說實在的，這簡直逼真到讓人想問你從哪裡撿來那些消息的啊？再聽下去真的就難過了。

「雖然要調校所有角色的劇情品質，延後交貨也是個辦法……不過你得先做好覺悟。御宅圈產品的品嘗期限過得很快喔。除非是有頭有臉的大人物，否則輕小說出續集最多也只能拖半年，動畫則是兩年；電玩遊戲也一樣，系列作要是沒有每年出一款就會被淡忘……呃，業界裡的某個大人物也這樣講過。」

「換句話說，我們社團得每年推出一部作品……就是在今年內嗎？」

雖然我總覺得伊織講的那些話不只針對我，還得罪了全方位領域的人士……

「對，跟你規劃的工作期程一樣……何況『blessing software』現在有前作的口碑撐腰。要是錯過那絕佳的銷售時機，你就再也不可能超越前作嘍。」

即使如此，連幾乎外行的我都覺得伊織那些意見一語中的，由此可見以結果來說，他點破了許多癥結。

「隨時間經過，前作會成為『傳說』，變成壓在下一部作品上面的『心頭大患』……到時為了超越『blessing software』，你或許就得拆掉『blessing software』的招牌。」

「你的看法，比我想像的還嚴苛耶……」

「畢竟我們這種人連半點創作者的才華都沒有，卻還想在御宅族業界成功啊。不要求到這種程度，不就沒油水可以撈了？」

「……喂，到頭來你還是這麼齷齪喔！」

「我不會吝於付出讓自己輕鬆賺錢的努力。」

「什麼跟什麼嘛……」

雖然我總覺得伊織的說詞裡有微妙的矛盾……

即使如此，他應該是一片誠懇才給了那些忠告，因此，我仍決定銘記在心。

於是，我看見了這個社團的新形態。

能代替我當製作人&總監的，只有這傢伙了……

第五章 笨狗不與朋友鬥

「唔～唔～……」

五月上旬，正式進入黃金週假期的某一天。

在外界躁動的那樣一個日子裡，我從早上就按照規畫窩在房裡沒出門，直瞪著電腦螢幕。

然而，我那樣做的理由跟去年不同，並不是因為當御宅族就要窩在家裡。

縱使做的事情跟去年完全一樣，現在的我有夢想，有該達成的目標……

「河村・史拜達・希良梨……這名字用過了。那就換成杉內・麥森爵・茉莉……不對，問題不在那裡。」

……沒錯，縱使我盡是在自言自語一些五四三的內容，認真度也截然不同。我意志相當高！

「取名的問題先擱到一邊，來寫劇情大綱吧……」

因為如此，我放棄玩取名的文字遊戲……錯了，我放棄既高端又高尚的考察活動，然後打開另一個檔案夾。

從「不起眼女主角培育法－角色設定」，換成「不起眼女主角培育法－劇情大綱」的檔案夾。

『先完成附屬女主角的劇情，再寫第一女主角會比較好。』

幾天前，我剛從知名社團前代表（伊織）那裡得到建議，便按照他所說的，暫時擱下了第一女主角的劇情，目前正著手處理附屬女主角的部分。

「金髮雙馬尾和黑長髮角色實在多到太氾濫了……就沒有稍微加點變化，又同樣受歡迎的屬性嗎……？」

……然而，點子卻相當難產。

從今天一大早就在忙這項工作的我，之前已經停手好幾次，在「角色設定」和「劇情大綱」的資料夾來來回回。

而且，我途中也在「附屬女主角一」到「附屬女主角四」之間來回過……

理由顯而易見。

因為我對想出的點子感到「捨不得」。

明明是套在任何角色身上都無妨的泛用設定或故事情節，我一想到「這好像很有趣，希望用

在巡璃的劇情線」，到最後都會罷手。

「不，還是用掉吧……別保留。」

我已經為這些糾結了好幾個小時。

可是像這樣煩惱以後，我更能體會……伊織想講的就是這一點。

「我要趕快完成這部分，然後跟巡璃耍甜蜜……不對，然後來寫巡璃的劇情大綱！」

現在，我只要把想到的「可用點子」盡快套到巡璃以外的女主角身上，就有動力為巡璃安排更棒的情境。

至於附屬女主角方面，我會準備好扎扎實實的點子，以保持一定的劇情品質。

只要採取這種手法，絕不會出現「啊，寫手寫到這裡後繼無力了」或者「不需要這個女主角吧？」或者「就算用來充數也太扯了」或者「主筆跟副筆的表現差太多」或者「罪魁禍首是誰！逃掉的是主筆還副筆？」或者「那個寫手又逃走啦……在業界可是臭名遠播呢」或者「不，錯在公司裡的無能總監！帶風向的人辛苦了」諸如此類的爭論。呃，或許後半談到的方向不太一樣就是了。

「……啊。」

當我神馳在某個業界的過去及未來（大綱擬到哪裡去了？）時，擺在桌上的智慧型手機發出了震動的聲音。

「早，倫也。」

「喔，怎麼了？」

我將螢幕上顯示著「英梨梨」的手機畫面用手指一滑，最近每天在教室也常聽見的青梅竹馬的聲音就傳來了。

「那個……惠在你家嗎？」

「呃，有事找加藤，妳直接打給她就行了吧。」

「啊～不是那樣的……既然她不在，我們要不要改用SKYPE？」

「可以是可以啦……」

我剛覺得一開始聽起來畏畏縮縮的聲音變得柔和一點了，結果眼前的電腦就響起了高八度的呼喚聲。

「早～」

「……妳的臉好慘。」

「因為我三十小時沒睡了……」

「不要賣弄自己沒睡覺。感覺活像沒救的業界人。」

於是在我點擊電腦螢幕上的來訊鈕以後，眼前就出現了有著明顯黑眼圈，穿綠色體育服，而

且披頭散髮的英梨梨。

……我常常覺得在學校見到的她，跟這有天壤之別。

哎，雖然我比較習慣她這副模樣。

「好了，倫也你往旁邊挪一下。讓我看你後面。」

「啥？妳到底在玩什麼花……」

「人也沒有在床上……看來你真的是獨自在房間。」

「假如床上有人，妳又有什麼打算啊！」

還有，對我而言同樣見怪不怪的十八禁同人作家劣根性，也依然健在。

「妳還沒跟加藤和好嗎？」

「因為……」

就這樣，在假日上午特地捎來聯絡的青梅竹馬，頭一個和我聊到的話題是關於我們之間共通的朋友。

「要是不趁早談開，心結會更深喔。」

哎，這件事可以取代噓寒問暖變成早上頭一個話題，誠然要感謝加藤的角色性變得鮮明……話也不能這麼說就是了。

「欸，倫也，你幫忙居中調解一下……」

「不要，加藤生氣很恐怖耶。」

「就是啊……惠生起氣來很恐怖的。」

畢竟，這陣子我無意中學到了一件事。

那就是……那傢伙在角色鮮明時簡直驚天動地。

「平時明明沒什麼特色，一生氣忽然就存在感倍增，應該說她那種沉靜根本給人暴風雨前夕的感覺……」

「嗯，我了解。惠在發呆時和安靜不講話時，看起來只有一點點差別，其實當中有致命性的差異喔。」

「問題最大的地方在於，跟那傢伙鬧翻的時候，幾乎完完全全是我們的錯。」

「唔……」

螢幕另一邊的英梨梨尷尬地低頭。

我根據經驗講的那番話，對她來說八成也正中要害。

「那傢伙本質上是個好人啦。」

「……我了解。」

哎，當加藤肯參與我這種胡搞的社團活動時，誰都明白她是個好人。

「雖然還不到天使或女神那麼誇張，可是從她身上感覺得到氣場，好比護士或者學生餐廳裡的大媽……」

「……你的比喻好微妙，不過我大致了解你想表達的意思。」

不過，隨著我了解到那傢伙對社團放的情感，還有對同伴的想法以後，我深刻體認到自己錯估她用情之深。

而且，只有我看見了加藤在情緒滿溢時的，那張臉孔……

「所以妳千萬別跟她絕交喔。那樣會讓彼此都不幸的喔。」

「我也不想啊……她是我上高中以後，第一個交到的好朋友。」

現在的我們，都明白加藤惠這個女孩子的價值，無可取代。

正因如此，我不想失去她，也不希望英梨梨失去她。

「那妳跟她認真談一談，然後和好。靠妳自己的力量。」

「我知道啦……知道歸知道……」

「至少，我就是那樣做的。我向那傢伙認真道歉，得到了她的原諒。」

「倫也……」

不過，那傢伙對朋友的感情是貨真價實的。

並沒有不純到可以讓別人居中協調。

「我辦得到，妳沒道理不行啊。」

所以，就算再怎麼麻煩，英梨梨還是只能靠自己爭取回來。

「可是我們會變得不方便和好，跟你也有微妙的關係……」

「不管，我絕不當那麼尷尬的和事佬！」

※　※　※

「然後啊！倫也你聽我說！霞之丘詩羽喔……霞之丘詩羽她喔～～！」

「啊～～我懂啦我懂啦。」

「你才不懂！倫也，你根本不懂那個女的有多愛糾纏！」

後來……

英梨梨稍微和我訴了苦，因此心情似乎放寬了點，就更加肆無忌憚地向我訴苦了。

「四十個角色耶！而且當中的主要人物有十二個那麼多！」

「喔～～好猛好猛。」

「就算這樣，她居然說角色還沒有全部寫完！我這邊的壓箱本領早用完了啦！」

「不過，那不就是在跟詩羽學姊較量誰本事比較雄厚嗎？妳要認輸啊？」

「她那邊是文字！我設計的是造型！花在一個角色上面的精力還有創意總量根本就不一樣啊！」

「那是插畫家的論點，並不是寫手的論點吧。沒把妳們兩邊的說詞都聽過一遍，我判斷不出誰對誰錯耶～～」

「唉唷，一有靈感就接二連三地寫出新角色的寫手最好全死光啦～～！」

這會兒英梨梨吐露的，一如往常地是關於她那死對頭（詩羽學姊）的牢騷。

從同人界搭檔，變成商業領域的生意伙伴。

從周圍看來無論怎麼想都是絕佳拍檔的這兩人，在旁人眼裡依舊是呆頭龍與毒舌虎。

「而且，而且……只有霞之丘詩羽也就算了，連那個女人都……呃，那個……」

「妳是指紅坂朱音？」

「……抱歉。」

「沒關係，繼續說啊。」

「但是……」

「從剛才開始，我聽到的就全都是重量級機密情報，對我來說相當過癮就是了。」

「……要是洩漏出去，我就不理你了喔。」

「正在洩密的人何苦這樣講呢。」

接著，當那耳熟的埋怨詞裡，混進了一點點異物的時候……

儘管一瞬間，英梨梨與我都感覺到喉嚨裡梗著刺，擺出了苦澀的臉。

「還有啊，紅坂朱音會挑釁喔……她曾經嫌過：『質與量都不夠呢～』……」

「挑釁妳嗎？」

「不是，她在嫌霞之丘詩羽。」

「唔哇……」

「妳想嘛，那個女的自尊心強，可是卻有溝通障礙不是嗎？當時她的黑頭髮都抖得跟梅杜莎一樣了，卻又沒辦法回嘴，結果她就多加了角色遷怒到我頭上來！根本躺著也中槍嘛！」

「呃，那表示詩羽學姊豁出去拚了吧？」

但是，英梨梨立刻又恢復活力了。

……不，即使賭一口氣，我也要讓她恢復活力，

畢竟，英梨梨還是像這樣比較好。

呆頭呆腦，想法消極，不講道理的她比較好。

「那她應該去對抗企劃者，而不是找插畫家麻煩啊！別照著吩咐增加角色，要努力縮減才對嘛！她知不知道每次新增一個角色，就會造成多少負擔啊！」

「呃，角色數量是企劃者決定的吧？所以詩羽學姊照著紅坂朱音說的做，並沒有錯啊。」

「唉唷～～我受夠了，讓企畫規模毫無邊際地越變越大的總監最好全死光啦～～！」

感覺既懷念、又開心……

幾個月以前，那還是日常生活中的一幕。

到了現在，已經變成無法挽回的日常光景。

因此，偶爾會回到身邊的這些日常剪影，感覺棒呆了。

※　※　※

「然後啊，出海有夠厲害的喔～～！她在短短兩小時就完成了一百張造型草稿，畫的還是單一角色的不同版本！」

「……嗯～～」

「我的眼光果然沒有錯。那個女生是天才……成長得突飛猛進～～」

「…………嗯～～～」

「……妳幹嘛刻意擺那種不滿的臉色跟聲音？」

「倒不如說，你是明知故問吧。」

「…………差不多～～」

「唔……」

「之前妳都在怕她嘛～～妳就是怕被出海趕上，還怕被她直接超越。」

「唔，唔～～唔唔唔唔唔～～……」

像這樣，會輕易中我膚淺挑釁的英梨梨，也讓我覺得很棒。

「怎樣啦？現在妳當上職業插畫家了，還是會怕嗎？」

「畢竟……又不是當上職業插畫家就會突然進步。」

這種彆扭、脾氣衝，而且一下子就吵輸的特質，都是英梨梨的價值所在。

「呃，這幾個月，妳不是進步得像中了邪一樣嗎……在繪畫方面。」

「真、真的嗎？你真的那樣覺得？」

「況且，妳被鼎鼎大名的紅坂朱音挖角了耶。我想妳就算稍微自負一點，也不至於遭到報應就是了……」

「那、那麼，我的圖，比那個女生的圖還棒嗎？」

「啊～～以社團代表的立場，我不能承認身為自家成員的出海不如人喔～～」

「唔～～唔～～唔唔唔唔～～」

「妳很麻煩耶！」

……話雖如此，她的小人物格調演變到這種地步，坦白講不太妙。

※　※　※

「那麼……我差不多該回去寫新作的劇情大綱了。」

「啊，好……我差不多也該去忙了。」

「妳那邊的截稿日是什麼時候？」

「連假結束。」

「就要畫完十二個主要角色？」

「不對，連配角在內的四十人份。」

「……商業RPG的工作排程定成那樣，感覺會不會太扯？」

「就是啊！那個叫紅坂朱音的女人腦子真的有問題！還說要在今年內發售！一般來講，大廠RPG花上兩～三年製作是常識，她卻說：『不要抱著時間花得多就能做出好東西的愚蠢想法喔。』愚蠢的是誰啊～～」

「啊～～等工作忙完再繼續聊吧……掰嘍。」

「倫、倫也，我問你喔。」

「嗯～～？」

「我可不可以再打電話給你？」

「可以是可以，不過我在截稿前夕不會接喔。」

「……還有，我在學校可不可以找你講話？」

「……座位相鄰的人都不講話反而不自然吧。」

「就、就是啊。就是嘛！」

「那掰啦。」

「嗯……掰掰。」

結果，始終散發著小人物格調的英梨梨就這樣從螢幕上不見了。

她當時鬧出要離開的那些大風波，還有成為職業插畫家時誇下的海口，真讓人納悶到底算什麼，簡直都打回原形了。

哎，連那些特質算在內，也許澤村．史賓瑟．英梨梨就是如此。

反正要講到打回原形，我也一樣。

因為我到現在還是一直怨恨著這傢伙。

而且，往後大概也會一直記在心裡。

第六章　副筆升格成主筆後的第二款作品大多（略

「那麼，倫也同學，這到底是怎麼回事？」

「以往我確實都只會講你壞話，忽然有事拜託，或許也有只顧自己方便的感覺……」

接著，在黃金週假期只剩下兩天，不過仍算是五月上旬的某一天。

當外界感受到，祭典即將告終……也沒有那麼誇張就是了，在外界依舊浮躁的那樣一個日子裡，我待在平時那家木屋風格的咖啡廳，店址則是不同於平時的另一家分店，還跟男人互相望著彼此。

「開始談事情以前，假如你要我先賠罪，叫我道歉幾次都可以。叫我下跪，我也欣然接受。沒關係，這不算什麼，只要不懷著誠意，無論怎麼賠罪也不會讓我的心傷到一分一毫。」

「呃，你擺明用那麼馬虎的態度道歉，我聽了也只會覺得煩躁，所以就免了，不過我想問的並不是那個……」

而且，我所面對的男性，則是在最近（第四章最後）剛埋過伏筆，所以我想應該再明顯不過的波島伊織。

他依舊一副痞樣……呃，有事相求還用這種揶揄的敘述方式未免太不禮貌，請容我訂正……

哎呀～他散發著既時尚又充滿清潔感的閃亮氣場，即使是男人也會迷上呢～……哎，奉承得這麼勉強反倒失禮。

總之，在場的伊織露出了有些意外，或者該說是充滿疑惑的臉色，正往下看著在他眼前深深低頭的我。

「……你讓女朋友陪在旁邊，臉上還一副消沉的表情，我要問的是：你把我牽扯進這種會引起許多臆測的狀況是想幹什麼？」

「啊～不用特別在意我。先做個自我介紹，我是安藝社團裡的成員，加藤惠。」

「呃，那個我曉得……」

……看來伊織那充滿疑惑的視線，並不是對著我。

「啊，你不用介意加藤。基本上她完全不會參與我們這邊的對話。只是她偶～爾會冒出要命的吐槽。」

「我滿在意你後半句提到的舉動就是了……」

沒錯，在我右邊，靠走道的座位上，正一面替自己保留隨時可以離席的位置，一面把玩智慧型手機的是「blessing software」社團副代表。

「今天要談的算是與社團往後方針有關的重要議題，我就帶她來了，如此而已……還有我會消沉是因為熬夜替下次作品趕出劇情大綱的關係，你可別誤會了！」

「啊～～是的，真的就只是安藝說的那樣。因此請你們不用在意我，趕快開始談吧。」

「這、這樣啊……」

不，除此之外，其實我們昨天還在電話中談過……

『所以你為什麼都不跟我商量社團裡的那種大事就擅自決定了呢，安藝？』

『呃，所以我現在才會像這樣找妳商量……』

『太晚了吧，你跟對方約好要見面以後才找我的對不對？表示社團的運作方針已經是以那樣為前提對不對？』

『不、不然……妳反對這樣的方針嗎？』

『問題不在那裡吧，我要追究的問題並不在那裡吧。』

『唔啊……』

雖然挨了頓長達幾小時的說教，也是讓我消沉的原因之一，不過現在先別談那些好了。

「總之讓我們進入正題吧……伊織，我希望你看看這個。」

「這是……」

因為如此，為了盡快將事情談下去，我避開了有關加藤的話題，並且從包包裡拿出了今天早上剛列印好的整疊紙，將其擺到桌上。

■同人遊戲企畫書（第三版）　二〇××／〇五　安藝倫也

「這是剛剛完成的……我們下一部作品的企畫書。」

「……這東西，我前陣子才跟你要來看過耶。」

「厚度跟上次的第二版不一樣吧。」

「…………」

伊織拿起那疊紙以後，邊邊就整個垂下來了。

畢竟以來歷而言，那可是在今天早上印到一半就耗光列印紙，害我急著到開店前的文具店等候的重量級大作。

「所有女主角的設定，以及故事大綱都加上去了。這樣整款遊戲的劇情線幾乎都定好了。」

「哦……」

「只要看過這個，我想你就會明白連附屬女主角的部分都沒有偷工。」

伊織拿掉了那疊厚厚紙張的長尾夾，然後排到桌上。

於是，他開始從我所提到的頁數……

從新加的「■故事大綱（女主角個別路線）：」下一行讀了起來。

「雖然與系統相關的部分還不夠周全，但我打算把這當成劇情大綱的最終版本。我自負已經統整到可以著手寫劇本和角色設計的階段了。」

……倒不如說，再不進行那兩項作業，要在冬COMI推出作品就難了，因此這根本沒什麼好自豪的就是了。

構想變得有點太過龐大……這個企畫行不行啊？

「所以……倫也同學，你讓我看這些是要做什麼？」

伊織讀著那份以同人而言，不，正因為是同人作品才有些欠斟酌的企畫書，並且看都不看我的臉就隨口問了一句。

……不知道伊織曉不曉得接下來要落到他頭上的災難規模有多大。

「我想找你來管控這個企畫。」

「…………哦。」

伊織停下翻頁的手，然後再次將目光擺回我這邊。

「我聽說你辭掉『rouge en rouge』以後，目前還沒有隸屬於任何社團。」

「哎，因為我想悠閒一下。」

「不過，差不多是可以回前線的時候了吧？御宅圈產品的品嘗期限過得很快對不對，除非是有頭有臉的大人物。」

而且，他對我微妙的挑釁並沒有反應，還用打量似的眼光盯著我。

「倫也同學，你……」

「嗯？」

不，他實際上就是在打量我吧。

「表示你要從製作人&總監的位子退下嗎？」

「……我在下一款作品，會專注於企畫和劇本寫手的工作。」

打量我的決心。

我一直在思考這件事……

少了英梨梨，少了詩羽學姊，我們社團的戰力大幅滑落。

當中滑落最嚴重的，是劇本這部分。

畢竟，原畫方面何其幸運地有出海填補英梨梨的缺。

然而在劇本方面，目前只有我能填補詩羽學姊空出的缺口。

……呃，剛才的比喻似乎會被某個暗黑鹹濕作家濫用，換個方式來說就是我身為詩羽學姊的接任者，以寫手來說還靠不住，何況接手這項工作的，只有之後似乎還會被遊戲宣傳外加莫名其妙的樂團宣傳工作忙煞的我。

由於如此，我想出來解決問題的手段，有以下三個方案（可複選……應該說全部得選）。

一、我身為劇本寫手，要更有長進。
二、為此，花在劇本上的時間要更多。
三、假如劇本品質還是趕不上前作，就靠超越前作的宣傳來彌補。

「第一個只能由我設法，至於第二和第三項，我希望請你來設法。」
「……這樣真的好嗎？『blessing software』是你的社團吧。」
「正因為是我的社團，我才想做出心目中最棒的遊戲！」
「…………」

我不小心用會對咖啡廳稍微造成困擾的音量，發出了一些聲音。

然而，伊織對我的大嗓門並沒有絲毫畏懼，依然擺著一副讓人猜不透的表情在打量我。

順帶一提，加藤似乎正在消大規模連鎖的轉珠。她的等級不知不覺中練得滿高的耶……

「如果是為了這個目的，我可以連代表的頭銜都不要。把支付款項和責任留給我就好，對外都由你出面也可以。」

「不過，當一介劇本寫手就撈不到油水喔。舉辦活動時也不能跑到cosplay區，找長得比較可愛的女生遞名片問：『妳要不要來我們社團當cosplay店員？』然後巧妙地把人約出來喔。」

「我才沒有做過那種事！就算有權也不會！」

反正旁邊的加藤完全沒反應，我沒必要辯解，可是我真的沒做過，就算有權也不會。

「我想用全力對抗詩羽學姊……」

其實還有個選擇，是除了我以外再找寫手來幫忙（或者請伊織幫忙介紹），然後我繼續兼任製作人和總監。

可是，現在的我不會用那種手段。

『我啊……想看到安藝倫也的作品……』

『我希望看到你不依賴任何人，不向任何人撒嬌，發揮出自己的全副心力。』

為了回應詩羽學姊那樣的期待……

為了向霞詩子下那樣的戰帖……

我只好把一切都獻給故事。

「況且，我要是把太多事情都攬到自己身上，會惹加藤生氣。」

我一面苦笑，一面轉頭看向理應從剛才就熱衷於社群遊戲的加藤。

因為，我感覺到有動靜，加藤剛才曾經轉頭，望著我發奮圖強的臉孔……

「我跟你說，安藝，我會生氣是因為你都沒有和我商量過就決定找新成員。你為什麼都不跟我商量社團裡的那種大事就擅自……」

「所以我不是從昨天就在道歉嗎！沒辦法啊，我最近才想到的！」

※　※　※

「……呼。」

「怎、怎麼樣？」

伊織讀完劇情大綱，是之後過了三十分鐘以上的事。

呃，他讀得比我預料中更認真。

我本來以為，他會將企畫書隨便翻翻瀏覽過去，然後立刻交涉：「所以，我可以分多少？」

或者說：「社團商標要加上『Iori Hashima Presents』，ＯＫ嗎？」不然就是問：「樂團那些女生，我可不可以統統吞掉？」

「你真的是在一星期之間完稿的嗎？」

「畢竟，御宅圈產品的品嘗期限……」

「這確實可以當成文字冒險遊戲的設計圖……嗯，只要留著這個，就算倫也同學在製作途中捲款逃跑，應該還是能回收到不錯的成果。」

「……你肯誇獎這份企畫書固然令人慶幸，不過別順便損企劃者好嗎？」

「不，倫也同學，我也有誇獎你喔。坦白講，不知道有多少同人社團，能準備出這麼像樣的企畫書……」

「哎，我靠第一款作品練起來的啦……」

無論是企畫書寫法或故事編法，我都向最棒的師父求教過。

而這些，則是以那位師父打了七十五分的原案為基礎。

因此，我不認為在體裁上會遜色。

「然後呢，關於女主角的屬性……」

「好了，別再吊人胃口……回答我是ＹＥＳ或ＮＯ就好。」

「安藝……」

即使如此，我還是這麼急著想聽答覆。

我沒辦法從容以待。

因為，目前的狀況跟那時候類似。

「很遺憾，我沒有意思接手。」

看吧……跟我被她拒絕的那時候類似。

「為什麼？」

因此，和那時候一樣的焦躁感湧上了我的心頭。

當然了，我受到的打擊並不如那個時候……

倒不如說，那次打擊的嚴重程度，連我都不知道在往後人生中還能不能承受第二次，因此要拿來相比也怪怪的就是了。

「還是說，你已經決定要參加其他社團了……？」

「要是那樣，我一開始就會明說。畢竟我並沒有閒到會特地來聽無意願參與的招募案。」

「不然你為什麼……」

「還問為什麼……當然是因為我對內容不滿意吧。還能有什麼理由？」

「啊……」

『突然說要製作遊戲，你是不是把社會想得太簡單了？』

『以企畫來說該評為〇分吧。』

『我實在沒有空陪外行人弄無聊的消遣。』

『越讀越是只有嘆息呢。』

那是我正好在一年前就已經聽膩的禱詞……呃，我是指拒絕的理由。

追根究柢，我居然會認為這份企畫書之所以被打回票，理由或許是出在內容以外的部分，像這樣的想法，就算被評為自信過剩也不為過。

「所以說，到底為什麼……」

可是，即使如此，我不能不問。

「我每個女主角都有好好寫，並沒有偷工耶。」

我就是想問：「我的企畫書有哪裡不行啊！」……

畢竟，我和她們相處了一年之久。

理應受過她們磨練的這一年。

我實在無法認同，自己被當成什麼長進都沒有。

「嗯，你說的沒錯……內容寫得扎扎實實，而且女主角都齊全了。在劇情事件和故事的質與量上面，均衡也拿捏得不錯。」

「既然如此，你為什麼……！」

「可是，這樣並不好賣喔。」

「不然要怎麼樣才對啊！」

「我哪有可能知道呢？」

「啊……」

伊織那太不講理的說詞，讓我的腦袋變成空白一片。

隨後，我在那一瞬間，喚醒了有點陳舊的記憶……

「……呃，你那樣不太對吧。」

「咦？」

從旁人聽來，只能說我的企畫遭到了毫不講理的否定，結果對此發火的，並不是我。

「寫得扎扎實實、均衡拿捏得不錯……照你那樣說，根本就沒有提到不行的理由，對不對？你反而是在誇獎，對不對？」

「加、加藤……？」

不，實際上她並沒有發火，她只是冷靜而慎重地向對方確認。

「我說過『這樣不好賣』了喔……光是那句，還不足以當理由嗎？」

「可是安藝說過，他不曉得哪裡不好賣，對不對？結果你什麼都沒有回答，對不對？」

「喂，妳、妳冷靜點……！」

是、是的，加藤絕對沒有發火。

縱使之前講過「不用特別在意我」的那傢伙，目前正咄咄逼人。

縱使我之前保證過「完全不會參與我們這邊的對話」的那傢伙，不知不覺中已經掌握了主導權。

「可、可是，他這樣並不公平……」

「不會，伊織對我們已經夠公平了。」

「安藝……？」

不過，我跟生氣的加藤互為對比，變得越來越能夠取回冷靜了。

之所以如此，原因之一是加藤已經將我要生的氣全部攬下了。

另一個原因則是……我想起了之前聽「她」講過的事情。

「伊織沒必要透露作品不行的理由。原本就是我們擅自拜託他的。」

「啊……」

「所以我們今天先回去吧，加藤。」

倒不如說，光知道他拒絕有其理由就很好了。

就算伊織拒絕是出於隨興，我們在這次的事情中也沒有權利生氣。

何止如此，對伊織來說，他對待我們的方式已經夠寬容了……

『真的難以相信耶。他只看了五秒鐘，就要求我重畫花上一整天才完工的圖喔。而且理由只有一句「因為這樣不好賣」！』

『而且就算我問哥哥：「不然要怎麼畫呢？」他也只會回答：「我哪有可能知道啊？」我一點都聽不懂他在講什麼！』

沒錯，畢竟他對自己最疼愛的妹妹，也做過一模一樣的事情……

「欸，伊織。」

「怎麼樣，倫也同學？」

「下次你什麼時候可以幫我看企畫書？」

「安、安藝……？」

「我想想……那就約在連假放完第一天的傍晚。放學後來這裡碰面。」

「了解，我會在那之前改好……掰。」

「嗯，再見。」

「唔，咦……」

加藤擺著一副茫然而不淡定的表情，完全跟不上我和伊織的互動。

可是，我們兩個並沒有管那些，還彼此轉開目光，彷彿事情已經談完了。

說起來，由於我們絕交過一陣子，在錯身之間就能將對方的想法領會透徹。

即使如此，正是因為關係不好，我才更加明白。

伊織會提到「不好賣」，肯定有我沒發現的「理由」存在。

而且，等到我處理掉「理由」的那一天，那傢伙肯定會答應接手。

目前我光是能得到那樣的把握，已經再好不過。

「啊，還有倫也同學。」

結果，準備拿帳單到櫃台的我，又被伊織從背後叫住。

「又怎麼了？」

然而，回頭看去的我看著伊織，卻發現他的目光並沒有對著我。

對，他看的是我旁邊……

「你女朋友給人的感覺，有點沉重喔。」

「…………」

啊，加藤的眼神變黯淡了。

第七章 宣布答案前會先進廣告的節目很惱人對不對

「怎麼辦……」

「哎，鎮定點，加藤。」

在伊織拒絕加入社團後，過了幾個小時。

「怎麼辦……」

「我看妳是肚子餓了，想法才會變得消極。要不要吃個飯？」

結果我們後來沒辦法說聲「掰」就解散，變成要到我的房間開檢討會。

「怎麼辦……」

「啊，廚房的東西可以隨便拿去煮喔。對了，照我今天的胃口來看，煮義大利麵比較……」

「我變成讓人覺得沉重的女生了嗎？」

「咦？原來妳一直放在心上的是那個喔！」

一到房間就坐下來抱著腿的加藤，一直顯得很沮喪，嘴裡還嘀嘀咕咕地冒出埋怨聲。

……哎，既然加藤煩惱的是那個就用不著擔心了，反正我也不覺得她有什麼沉重。

「這樣不行，最近我是不是變得一衝動就克制不住了呢？」

「沒、沒有啦！妳現在也都沒有情緒起伏！妳有保持淡定！大概！」

「對、對啊……我這個人就是淡定……情緒表達得很隨和，不會留在心裡，是個讓人分不太清楚在高興或生氣或難過或開心的女孩子……那就是我，加藤惠……」

「啊～～不過，妳生氣時會記恨滿久的就是了。」

「…………………」

「啊，抱歉！沒那種事，妳一向很隨和！」

「說來說去，還不是因為你常會惹惱別人…像剛才，你也若無其事地要我也煮你的飯。」

「對不起對不起！義大利麵讓我來煮！配調理包的肉醬可以吧！」

「不要，奶油培根口味比較好。我來做醬料，你利用空檔煮義大利麵。」

「……好。」

話說回來，這傢伙最近讓人分不清楚是可怕還是好哄，感覺有點恐怖。

※　※　※

「所以說，下次討論是在後天，表示有連假的最後一天可以好好利用。」

「意思是他在期待我們把企畫書改好嗎？」

「我不曉得伊織有沒有在期待。不過，這是給我們機會的意思。」

就這樣，我們一邊享用奶油培根義大利麵、沙拉、法式清湯（結果全是加藤做的），一邊進入企畫會議。

議題當然就是劇情大綱的毛病出在哪裡。

「不過，他都願意特地給我們機會了，直接把發現的毛病說清楚也可以吧……」

「伊織就是那樣的傢伙啦……」

沒錯，波島伊織就是那種人。

對於在御宅圈沒能耐自力向上的人，還有根本不具野心的人，他都不屑一顧。

那傢伙肯理睬的，只限有能耐又有野心的人。

然而，就算面對那些人，他也絕不會親自去引導。

不先自食其力爬到可以跟那傢伙周旋的境界，他就不會助一臂之力。

可是一旦得到他的協助，遊戲銷量就會從一千套起跳……不對，就等於找到了一千個幫手一樣可靠。

……哎，雖然可靠過度而多添災難的情況也大有所在啦。

「可是，他真的能夠信任嗎？也有可能實際上是你寫出的劇情大綱才正確，錯在對方的想法……」

「不，那八成不會。」

「是喔？」

「嗯……在判斷東西好不好賣這方面，我敵不過他。」

沒錯，波島伊織就是那種人。

在那個年紀就游走過好幾個龍頭級社團，見識過大量買賣現場好幾次的惡劣同人投機客。

明明自己一次也沒有創作過東西，在作品好不好賣的「眼光」這方面卻無人能及。

無論是本子、遊戲或周邊精品，一旦他判斷「好賣」，該處就會排起隊伍、前進龜速、聚集以轉賣為業的人，該社團就會在一夕間曝露在羨慕與嫉妒，還有大筆金錢及大混亂之下。

……這樣一說，總覺得聽起來倒也像個單純在製造麻煩的人，不過，據說為了尋求那傢伙用的「把戲」而找他取經的社團始終沒少過。

呃，雖然以這次的情況來說，我們就相當於那些不倫不類的社團。

「嗯……」

「怎樣?妳不信任我講的話嗎？」

「呃，該怎麼說呢……怎麼會有種『只有我才了解那傢伙』的感覺?實在非常非常非常讓人難以置評耶。」

「等一下，妳那是什麼主張？」

「啊～～對了，演到中間才變成伙伴的舊敵人角色和男主角的配對，在那一型女生之間超受歡迎的呢～～」

「欸，加藤，妳不是御宅族吧？妳之前並不是御宅族吧。妳沒有變成腐女吧！」

※　※　※

「好了，挑毛病會議要開始嘍。」

就這樣，肚皮填飽了，舒坦下來的我們隔著桌子面對面坐下。

桌上零零散散地擺著伊織剛才連毛病都沒挑就打回票的企畫書。

還有，堆在企畫書上面的則是五顏六色的便條紙，以及五顏六色的螢光筆。

「針對各角色的劇情大綱，妳把想到的毛病陸續點出來。無論多小的問題都可以。」

於是乎，我們的奮戰開始了……

那並不像剛才跟敵人交手。

我們要鑽進眼前的紙張，鑽進一〇〇ＫＢ的文字裡，進行有如大海撈針的孤獨戰鬥……

「抱歉，安藝，你下的指示太籠統了。」

「咦～～」

奔赴那場嚴酷戰鬥的加藤，卻在頭一句話就磨掉了現場的鬥志，叫人放鬆得恰到好處。

「基本上，遊戲劇情的毛病是怎麼樣的？講出感覺有趣或無聊的地方就行了嗎？」

「呃，那個……」

差點脫口說：「咦，要從那裡開始說明啊……？」的我把話吞了回去，然後拿出一張……

不，三張白紙，分別用原子筆在上面書寫。

「也對，那我提幾個重點好了。」

也對，確實如加藤所說。

光舉出「劇情大綱的毛病」這樣的題目，就可以滔滔不絕地將企劃者臭罵到心靈受挫，此等伎倆非得歷練夠的人氣作家才能辦到……

※　※　※

「首先，第一個重點是……『仇恨感』！」

「仇恨感？被討厭的意思嗎？」

因為如此，我首先遞到加藤面前的第一張紙上，就寫著那三個字。

「對，最近有『仇恨言論』之類的字眼造成話題，不過這項觀念本身並不是新東西。在遊戲或漫畫，不，在小說或影劇的劇情發展中，仇恨感都是不得不考量的重點。」

我一邊告訴加藤，一邊即時將自己所能想到的，會引起觀閱者仇恨感的劇情發展寫下。

・窩囊（男女主角）

・角色性格分裂

・女主角不討喜

・ＮＴＲ（第一女主角、附屬女主角）

「常被提到的差不多就這些……這一類角色或劇情發展傳開以後，在網路上就會遭到砲轟，還會造成作品在中古市場的行情暴跌，暴民化的玩家則會從物理方面破壞作品的載體，後果頗為慘痛，因此要小心。」

「唔哇，好麻煩喔～」

嗯，一點也沒錯。

人心有著深深的黑暗面。

一旦被盯上，到最後只要談及那款遊戲或角色，連根本無關的部分都會遭到砲轟，光是亮相就會遭到砲轟，無論說什麼都會遭到砲轟，真的很麻煩。

處女也好，非處女也罷，有什麼關係嘛～～

「……還有，這個N、T、R是什麼意思？」

「NTR是被人橫刀奪愛的簡稱……換句話說，就是女主角在壞結局會跟其他男人配成對，諸如此類讓玩家『不想看』的劇情發展。」

「原來如此……哎，玩家們也不希望特地花錢受鳥氣嘛。」

「確實是那樣沒錯，不過最近他們的抵抗力越來越低落也是個問題……比如當其他女主角沒有跟男主角湊成對時，就算和身為男主角好友的『好男人』湊成對也不行，甚至連絕對不會配給男主角的附屬女主角和其他男人湊成對也會抓狂……你們真是夠了！多給作家一些自由啦！角色也是有生命的，那是朋友耶！她們都有自己的未來，有得到幸福的權利！一直念念不忘和其她女人配成對的男主角根本毫無益處不是嗎？不然要怎麼辦！」

「安藝，你的黑暗面好深耶。」

※　※　※

「接、接著第二個重點是……『抄襲』！」

「你可以多休息一下喔。」

「不，沒、沒關係……」

因為如此，我光是解說頭一個重點就陷入了稍微缺氧的狀態，為了把氧氣送到腦袋，我做了一陣子的深呼吸，然後亮出下一張紙。

・剽竊、有樣學樣
・全面盜用角色設定、劇情發展
・針對角色的特徵、招牌台詞做抄襲
・這不是抄襲！這叫致敬！

「哎，這是按照罪過嚴重度從上面依序排下來的……」

「這麼說來，也有人會實際提告對不對？」

「嗯，尤其是圖像方面……」

進一步來說，對於注重著作權的公司要小心……比如○○○和○○○，還有○○。

那種公司就算注意到剽竊或抄襲，在對方剛推出作品的前後都會先按兵不動。

而且他們會專程等對方花下製作費用再一網打盡，大人吵架就是狠在這裡。像我們這種同人社團只要挨上一招就得歇業。

「雖然和圖像比起來，文章要舉證較為困難……即使如此，抄了也不會有半點好處。」

近年來除了商業作品，坊間也充斥免費的網路小說，「不容易穿幫」的抄襲對象絕不會少。

然而，免費作品並不是沒有著作權，最重要的是被人發現時，那部作品就會在轉眼之間變成「仇恨」的目標。

簡單說，創作者要腳踏實地才是上途……

「就是因為這樣，加藤，為了防止我的設定或故事在無意識中有抄襲的狀況，麻煩妳睜亮眼睛！」

「呃，你對幾乎沒接觸過抄襲來源的讀者抱著那種期待，會讓人很困擾耶。」

※ ※ ※

「最後，第三個重點就是……『吐槽點』啦。」

「呃，比如錯別字或漏字嗎？」

「不，那只是小事……雖然多過頭也會鬧到被人抱怨總監（編輯）在搞什麼就是了。不過驚險趕上稿期甚至拖過稿期才交稿的寫手（作家）也有錯喔。」

「抱歉，我不太懂你在說什麼。」

・設定上的齟齬、破綻
・牽強的劇情
・突兀的發展

「就這樣，我要說的差不多就是這些……觀賞或閱讀作品時要是碰上這類毛病，一下子就會冷掉對吧～～」

「啊～～的確呢。安藝，你就常常一邊看動畫一邊吐槽。」

雖然也有那種「已經讓人不知道從何吐槽起」，變成吐槽本身最有樂趣的笑柄級動畫，不過那種渾然天成的玩意兒很難替光碟銷量帶來增長，因此並不能刻意為之。

然而，難就難在這種負面意義上的「吐槽點」，和正面意義上的「意外性」，兩者之於故事裡其實是一體兩面的存在。

比如理應是日常生活系的作品卻忽然發展出戰鬥情節，主要角色突然死亡，還有毫無前兆就覺醒的主角……

即使如此，坦白講就算故事再牽強，或者設定漏洞百出，當中依舊存在著「好玩就O

K！」、「只要是觀眾盼望的發展就沒問題！」這樣的真理。

那麼，要問到該怎麼分辨兩者的差別……實際上那只能用結果論來看，觀眾表示有趣的就是「意外性」，表示無聊的則是「吐槽點」……哎，創作真是難為。

「所以嘍，頁數混完了，我們打起勁來檢查吧，加藤！」

「……呃，那才是不該講的話吧，安藝。大家會一下子冷掉喔。」

挑毛病會議的第四個重點，那就是……「台詞出戲」。

※　※　※

「…………」

「…………」

於是，挑毛病會議開始後過了幾個小時……

「……欸，安藝。」

「嗯～～怎樣，加藤？有找到讓妳介意的部分了嗎？」

「嗯，你看這裡，附屬女主角三的約會劇情……」

「有什麼糟糕的敘述嗎？」

「……關於『主角約會到一半跑去找其他女主角，儘管女方在他面前有笑容，人一走掉以後就大為不滿地嘶嘴』的部分，這是創作吧？並不是經驗談吧？」

「……至少我印象中並沒有經驗過那樣的事情啊。」

「…………啊～～那就算了～～沒事～～是我的心理作用～～」

「加藤？」

我們將列印紙翻過去又翻回來好幾次，埋首細讀以後再貼上便條，努力尋找大綱的瑕疵。

「…………」

「…………」

而且，我們在各個環節停頓，交換意見，然後回頭繼續檢查。

「……啊，還有。」

「嗯？這次是哪裡？」

「呃，附屬女主角一和附屬女主角二同時觸發的特殊劇情。」

「啊～～那個嗎？只能在同人誌販售會的會場上觸發的事件。」

「……關於『被留下來的兩個女主角開始互相抱怨主角』的劇情，你有沒有什麼想法……」

「沒有啊，碰巧寫出來的啊！」

「話說回來，這個主角老是把女主角擱著不管，好差勁耶。啊，我懂了，表示這個主角符合第一項重點所提到的仇恨感……」

「不不不不不，之後主角有回來大顯身手，這部分不要緊！」

如此的對話持續了好幾次，然而，我們依舊沒有得到明確的成果……

「…………」

「…………」

於是，時間終於到了日期改變的時候，狀況仍然不變。

「……呃，那個。」

「哦～找出毛病了嗎～？」

「是關於，附屬女主角四在末尾的，這段劇情。」

「那、那裡啊……」

「女方病倒了，然而主角有重要的大賽要參加，如果要去她那邊，就非得要放棄那場大賽……」

「……這、這種劇情發展很俗套吧？」

「對啊……選完『去』或『不去』的選項就會有快樂結局嗎？這部分感覺有點不對勁耶。」
「可、可是我覺得自然而然就會這樣進展啊。」
「是喔，你是那樣想的啊。」
「沒、沒有啦，那是主角在遊戲裡遇到的事……」
我們還是什麼毛病都找不出來，時間白白地經過。
「…………」
「…………」
另外，不知道為什麼，不時還會有莫名沉重的沉默留在心裡……
「才不沉重喔。並沒有留在心裡喔。」
「我又沒有說話！至少我沒有說出口啦！」

「呼……」
「唔～～……」
東拉西扯之後，凌晨兩點。
不只是桌面，大量的企畫書內頁散亂在整個房間。
那大量的紙張上處處貼著大量的便條紙，而且每個細節都用螢光筆仔細標明過。

「搞不懂耶……」

「搞不懂啦……」

那些標明的記號，正是「研討過卻好像沒問題」而白忙一場的象徵……

而且，當那些尚未檢查的便條終於一張也不剩時，我們的奮戰就宣布觸礁了。

「誰教每個女主角的劇情線都很有趣～就算是附屬女主角，內容看起來也沒有偷工減料嘛～」

「呃～多謝誇獎。」

「不過就跟製作上一部作品的時候一樣，沒有實際玩玩看，也不知道是不是真的有趣～」

「哎，畢竟這是遊戲而不是小說。」

「這樣的話……為什麼他可以斷言這篇故事做成遊戲會不好賣……」

「找出那個盲點就是我們的任務吧……」

我與加藤渾身受到無力感折磨，兩個人都趴在桌面上。

「我不懂，我不懂，我不懂耶……」

「放心吧，我也摸不著頭緒。」

我們的對話早就變得只能掠過彼此的腦袋，然後單純淪為一大串牢騷與喪氣話。

「我們真的能搞懂嗎？」

「誰曉得呢。」

「換成霞之丘學姊是不是就會懂了……」

「…………」

儘管意識變得朦朧，不對，大概就是因為意識開始朦朧的關係……

「可是，我又不是霞之丘學姊～」

「我也一樣啊……我並不是詩羽學姊。」

我們的喪氣話說到最後，難免就開始追溯過去了。

「假如我是霞之丘學姊……是不是就會懂呢？」

「那樣比喻也沒意義吧。要說的話，如果我能當詩羽學姊就好了。」

「不對，要是不由我來當，那就沒有意義了……」

「為什麼啦……」

「畢竟，畢竟你想嘛……換成前陣子的霞之丘學姊和你……換成TAKI　UTAKO……」

這種作業應該一下子就解出來了吧。」

「……耍笨喔。」

那段時光又熱鬧，又緊繃，還帶著毒辣味，不，根本全是毒辣味。

可是卻充滿了熱情、夢想及希望……應該說，充滿著才華。

「今天就先睡了吧，加藤……」

「可是，結果什麼進展都沒有……」

「就算這樣，再繼續撐著也一樣不會有進展的啦……畢竟妳現在整個人都怪怪的。」

「咦？果然，我會給人沉重的感覺嗎？」

「……我一點也不懂怎麼會扯到那裡，可是坦白講，現在稍微有一點啦。」

「唔哇啊啊啊……不行，不行不行不行，現在的我是鮑伯短髮，現在的我是鮑伯短髮……」

「拜託，那是什麼咒語啊……」

「哎喲，真不甘心。」

「話題又跳開了……」

「我就是不甘心啊，安藝。」

「所以說，妳不甘心什麼……？」

「…………」

「加藤……？」

「真不甘心，可是……」

「不要那樣接話！」

※　※　※

「……咦？」

「唷，早啊。」

床鋪上窸窸窣窣的挪動聲吵醒了我，果然沒錯，那聲音是加藤恢復意識的信號。

「安藝……現在幾點？」

「五點。」

「唔哇，睡過頭了……」

「呃，不至於吧。太陽又還沒出來，妳可以再繼續睡喔。」

「嗯～～」

加藤茫茫然地在我的床上仰望著天花板，還沒有起身的動靜。

而且，我也還躺在地板上，同樣仰望著天花板。

因為我滿喜歡留別人下來過夜，或者到別人房間過夜時，剛起床的這段茫茫然的時間……

情緒格外低迷，徹徹底底的自然本色，和平時全然不同的沙啞嗓音。

感覺在這個時候，就可以接觸到對方的真實樣貌。

「……報紙送來了耶～～」

「送來啦。」

傳進耳裡的，是輕型機車在不遠處停下&起步奔馳的聲音。

還有報紙鑽進我家信箱的金屬聲響。

「去年的這個時候，是你在送報吧～～」

「因為那時候我還是完完全全的消費型御宅族啊～～」

在胸口縈繞的，是一年前的回憶。

「欸，你記得嗎？那個時候……」

「對喔，就是在送報時……我撿到了妳的貝雷帽。」

「這樣啊，已經過了一年呢。」

而且，以加藤來說，難得聽她聊回憶。

她的口氣和舉止，簡直就像哪款作品裡的第一女主角，有點感傷，有點肉麻……

「說到這個，加藤，當時妳為什麼會一大早就待在那種地方？離妳家有好一段距離吧？」

「誰曉得呢，我已經不記得了……」

才誇獎她就來這套。

別那麼輕易地帶過讀者長年來的疑問啦……

「那麼，腦袋也清醒了，再來繼續挑毛病會議吧。」

「……妳還願意奉陪啊？」

我們一面享用土司、水煮蛋配沙拉的簡單早餐（當然都是加藤做的），一面先將散亂的企畫書收集起來，開始照頁數順序排好。

洗過臉，整理好髮型的加藤，已經沒有昨晚的沉重……不，她一改情緒滿溢的態度，散發出開朗積極的淡定氣息。

「哎，雖然我還是不能像霞之丘學姊那樣，但只要能幫上一點忙，或者多少添些熱鬧就行了吧……」

……我原本是那麼想，不過加藤好像或多或少還把昨晚的事情放在心上。

「好……那要開工嘍。」

「嗯。」

我將多達幾十頁的企畫書在眼前疊好，嚴肅地宣布今天的戰鬥開始。

沒錯，這是最後的挑戰。

錯過這次機會，伊織就再也不會成為我們的伙伴。

那傢伙不會把資源分給無法克服自定門檻的人。

「我想大概跟昨天一樣，會有一番苦戰。」

「那我已經深刻體會到了～」

「也是啦～」

但是，儘管狀況如此絕望，我仍捨棄不了樂觀的預測。

現在的絕望感和去年相比，根本是天壤之別。

畢竟，去年這裡並沒有加藤。

當時我是獨自抱頭苦思，抱著大腿懊惱，抱著內心的陰鬱。

因此，只要有現在這種龐大的存在感與安心感，我就覺得問題大概，不，一定有辦法解決。

哎，說加藤有存在感也挺奇怪的就是了……

「說真的，明明每個角色都寫得很好，好到幾乎分不出誰是第一女主角呢……這樣的內容，到底有哪裡不行呢？」

「…………妳剛剛說什麼？」

第八章 時間錯敘手法用得沒多大意義，就稱不上好作品吧

「哦，你沒臨陣逃跑，還是來露臉了，佩服佩服……欸，倫也同學，你是怎麼了？」

「抱歉，再等我們五分鐘就好。」

「好睏喔……」

黃金週假期終於結束，久違的上班上學日，放學後的回家路上。

西斜的夕陽照進木屋風格咖啡廳的窗邊座位，相隔兩天，伊織又和我們兩個在這裡見面了。

「你們倆看起來比上次更疲倦了不是嗎……這段連假之間，你們到底做了些什麼？」

「還會做什麼……別讓我說廢話啦。」

「啊～～我想你應該明白就是了，安藝指的是製作大綱喔。」

儘管劇情正在朝正經的方向炒作，我們兩個卻並排坐在四人座的客席……不對，我與加藤卻並排趴在桌面上，那副德性難免會招來伊織還有其他客人的奇異目光。

「真拚命呢。那麼，完成的大綱想必不同凡響嘍……」

「……廢話，那還用說。」

講好的五分鐘還沒過，因此我依然趴在桌面，但我還是對伊織回以自信滿滿的聲音和答覆。

「……哦。」

我不知道伊織是用什麼表情來回應我說的話。

不過，我只聽見他坐到對面椅子，然後拿起擺在桌上的大信封袋的聲音。

那裡面，裝著我使出……不，裝著我與加藤使出渾身解數改好的「第四版」大綱。

「嗯……」

有翻閱紙張的聲音。

看來，我們的二次挑戰終於開始了……都沒有面對面就逐步開始了。

「唔……」

於是，伊織馬上從喉嚨裡擠出了聲音。

與他的聲音呼應，大約每隔二十秒就有些微的翻頁聲傳進我耳裡……

「呵呵呵……」

「怎、怎麼樣？」

我終究忍耐不住，奮然抬頭想確認伊織的反應……

「……欸，你在讀什麼啦？」

……結果，那傢伙在讀的並不是我們的企畫書。

「問我讀什麼，這是《純情百帕》啊。」

「啥……！」

「哎，這部作品挺逗的。原來霞詩子也有寫喜劇的才華。」

這傢伙居然把今天最重要的正事擱到一邊，只顧讀輕小說。

看來，我們這場認真的對決，對他而言純粹是打發時間的一環。

「你、你……！」

因此，這傢伙毫無緊張感的行為……激起了我的情緒。

「你支持哪個女主角啦！」

「這個嘛，我還是比較欣賞……呃，倫也同學，重要的是這部作品很難定義誰才是第一女主角……」

「就是啊！光看第一集，根本無法從出現的三個女角裡斷定誰才是第一女主角！」

「第二集以後，不知道爭論第一女主角的議題會收攏，或者更加膠著化……往後也不能放開目光呢。」

「像我連自己心目中的第一名都挑不出來！真不愧是霞詩子！我已經完全被作者玩弄在鼓掌之間了……」

「啊～你們兩個停一下，談正事以前別那麼亢奮好嗎～」

啊，加藤總算起來了。

※　※　※

「好了，那我要拜讀嘍。」

我們三個都點了新的餐點，重啟話端以後，伊織終於拿起了企畫書。

「…………」

「…………」

還有，我與加藤固然熬了一整夜，現在卻完全沒了睡意，都專注於眼前這個痞子男的一舉手一投足。

於是，伊織並沒有從開頭的頁數讀起，他先翻了翻整疊文件，然後將後半部留在手裡，其他的則放回桌上。

他那樣做的意義再明白不過。因為這份企畫書前半部的企畫概要，在上次就大致及格了。

換句話說，伊織要看的是後半部的劇情大綱。

而且，這次進一步的重點在於……

接下來，這傢伙會關注「哪個部分」……

「……哦。」

「……唔。」

我不禁全身用力。

因為那傢伙關注的地方，正如我所料。

伊織瀏覽了那一頁，並且確認內容。

不，他大概只確認了「那部分有沒有改寫過」。

「唔……」

然後，伊織這才坐穩，專心讀起那一頁之後的內容。

在整份企畫書的內容裡占了兩成，在劇情大綱中差不多占一半。

他讀的那裡就是昨天一整天，我幾乎全部重寫過的重要部分……

「呵呵呵……」

「欸，你讀什麼東西反應都一樣嗎！」

「不不不，我是在表示佩服。你有確實察覺到問題點呢。」

伊織依然帶著一副賊笑，還把讀到一半的那部分翻過來對著我。

哎，先不管他那種自大的態度，要是坦然接受那番話，看來他對這次修改的內容，似乎給了相當程度的肯定。

「既然是這麼單純的部分，你在前天就可以糾正了吧。」

即使如此，我仍有怨言非得對這傢伙說不可。

「『第一女主角沒有格外突出』這種問題，你說一聲不就好了……」

伊織拿的那一頁，開頭寫著「■劇情大綱：叶巡璃劇情線」的標題。

『每個角色都寫得很好，好到幾乎分不出誰是第一女主角。』

加藤嘀咕的那句話，讓這款作品不足的部分確確實實地浮現出來了。

畢竟，名稱暫定為《不起眼女主角培育法》的這款作品，核心概念就是要將不起眼的女生，塑造成任何人都會理睬的第一女主角。

……換句話說，再怎麼拉抬那樣的第一女主角，要是附屬女主角的魅力依然可以與其比肩，在這款作品就會變成不該出現的弱點。

所以，假如要拉抬附屬女主角，第一女主角在劇情的質與量上面，就要拉抬得更高才行。

「倫也同學，你想製作最強的美少女遊戲對吧？你想創造『蔚為傳說的女主角』對吧？那你只能豁出性命去爭取了，不是嗎？」

先拚命創造附屬女主角，然後更加拚命地塑造第一女主角……

我非得投身於那種玩命的挑戰。

「可是你說過，不能把『傳說』納入考量……」

「製作人確實不能把傳說納入考量。可是我也說過，創作者要相信傳說無妨喔。」

「你可沒提到『相信那一點』是創作的大前提……」

「假如你只是為了錢或創造人脈才做這些，那不相信也可以。假如你只是因為搞同人在稅制和手續上可以省許多麻煩，又認定『和御宅族做這種生意比涉足商業領域更划算』而打算穩穩地賺錢的話……」

「我沒有那種意思，你不必解釋得那麼細啦！」

「……沒錯，相較於金錢，你更想追尋自己作品本身的價值。」

「也是啦。」

「那麼，最應該用力刻劃的部分要是沒有變成『最突出的一環』，對你來說，那款作品就已經失敗了。」

「……唔。」

不知不覺中，伊織正直直地望著我們兩個。

「既沒資本也沒信用的同人社團，要是只靠發售前用宣傳博取的肯定評價把東西賣了就跑，銷售成績就無法冀望能抬頭挺胸地稱之為大賣。」

儘管伊織所講的那些，目標簡直高到不行，只會逼人扛起負擔，又很齷齪，說他胡搞瞎搞都還算好聽。

「假如不靠著肯定帶來更多肯定，花下長時間一點一滴地累積銷售成績，就無法達成崇高的目標。」

可是以這傢伙來說，那種講話的眼神足以讓人感受其誠摯……這倒沒有，但實在充滿了自信且傲氣十足，足以讓人相信他並非滿口胡言。

「所以說，只有讓作品本身的評價獲得戲劇性提昇……才能創造出『傳說』。」

在伊織臉上，有我所追求的缺德製作人臉孔。

……抱歉，是交得出成果的製作人臉孔才對。哎，意思一樣啦。

「總之，這樣總算突破第二階段了呢，倫也同學。」

伊織帶著那副陰險……不，他帶著那副自信的表情，揚起嘴角笑了笑，然後再一次過目我的企畫書。

「接著就是最後關卡了……嗎？」

「對，倫也同學……讓我見識你認真起來的丟人妄想吧。」

「拜託你別那樣講話。」

伊織的心思已經不是放在我身上，而是放在大綱中的細密字句裡。

「讓我見識你描繪出的最強第一女主角，會是『多好賣的商品』。」

隨後，他在宣言的同時將笑容封印，並且用宛如創作者的態度與我的創作物對峙。

「…………」

「…………」

於是，被晾在旁邊的我與加藤互相交換了一次眼神，接著就不管三七二十一地又倒在桌上，打起瞌睡了。

因為我們已經沒什麼可做了。

剩下的希望，只好託付出去。

不是寄託於現在的我們，而是昨天的我們。

寄託在我與加藤在前一天合力創造出來的，屬於我們倆接下來的故事……

第七・五章　呃，這樣不太妙吧？確定走進**個人劇情線**了吧？

「巡璃劇情線？」

「嗯……」

再回到連假最後一天的早上，地點是我的房間。

吃完早餐以後，在我們高聲宣布挑毛病會議重新開始沒多久，加藤無意間講出的一句話，實質上等於宣布這場會議結束了。

「你說巡璃劇情線有哪裡不行？」

「大概……全都不行。」

「沒有那種事啊，整體來說寫得很好喔。和其他女主角的劇情線相比也毫不遜色。」

「所以說，那就是不行的理由。」

「咦……？」

「畢竟，我原本是想描寫巡璃，想讓她散發光彩，想跟她恩恩愛愛才製作這款遊戲的！」

「……呃，身為被認定的角色藍本，聽你那樣說總覺得不太好回應就是了。」

先不管好不好回應，在這之後，我針對「這個企畫的問題點」，用自己的方式向加藤做了一番解釋。

首要前提在於，我並不認為整體大綱的水準比以往低落。

不僅如此，我自負所有要素都有顧及品質，同時也讓許多要素都提昇了水準。

尤其是在附屬女主角的劇情方面，我對水準的提昇程度有信心。

之所以能辦到這一點，是因為我把原本要用在第一女主角巡璃身上的劇情，毫不保留地放手分給其他附屬女主角了。

「換句話說，第一女主角的劇情線就因為這樣，變成精華都用光光的空殼子了嗎……？」

「我哪有可能在巡璃劇情線犯下那種既單純又致命的失誤！我可是立志要把巡璃塑造成讓人心動的第一女主角……！」

「啊～～你不用巡璃巡璃的一直叫啦……不過既然這樣，問題是出在哪裡？」

「主要劇情線確實有重新架構。因此在擬定大綱時，那部分最費事也最花時間……然而幸虧如此，我有成品比之前寫得更好的感覺……」

「那不就都沒有問題了？」

「不，還是有問題……」

沒錯，既然附屬女主角的劇情線水準有所提昇，第一女主角的劇情線水準就非得提昇再提昇才行。

比如有專剋必殺技的反必殺技，要剋制反必殺技就需要反反必殺技，要剋制反反必殺技則需要反反反必殺技……呃，那些並不重要就是了。

總之，既然周圍人物的水準提昇了一級，中心人物就要提昇兩級或三級，否則就沒辦法保住以往的相對優勢。

要有一個技壓群雌的神級女主角，而且所有女主角都要出色……如果不能兼顧兩者，就不配稱為最強的美少女遊戲。

……雖然我也覺得門檻亂高一把的就是了，然而照伊織的個性來想，他肯定會覺得：「既然敢自稱最強，辦到這點要求是合情合理的吧？」

「這樣啊……那現在要重擬巡璃劇情線嘍。我去洗東西，安藝你可以先開工。」

「咦，妳這麼容易就相信我喔！」

加藤一聽完我以上的主張，就立刻開始收拾桌子上的餐具。

「哎，雖然沒根據也沒可靠性，反正現在只有這個點子，相信也無妨吧？」

「那～～真～～是～～謝～～謝～～妳～～喔。」

我一面佩服加藤那相當相當相當漂亮的剔除式邏輯，一面望著她不停收拾的背影。

……儘管她的言行舉止和平時一樣隨意，我卻覺得每一個動作看起來好像都帶著某種雀躍，難道是我太自賣自誇了嗎？

「那麼，今天也會窩在房間裡，再商量劇情要用什麼哏嗎？如果是那樣，我想先回家拿做菜的材料和換洗衣物耶。」

而且，儘管明天就要上學了，妳今天還是打定主意要過夜啊，加藤？妳們家實際上是不是家庭關係破裂了？

唔，甭說啦。否則我會心靈受挫。

「不，現在沒辦法商量要用什麼哏了……必須從累積靈感做起。」

先不管那些，我駁回了加藤提議的商量方式。

畢竟，我感覺自己在目前版本的大綱裡，已經用盡了自己腦袋的妄想。

因此就算再怎麼嘗試妄想，我的點子也早就沒了。

「那麼，要怎麼累積靈感呢？從現在開始辦動畫馬拉松？還是電玩集宿？」

「不、不對……不是那樣！」

雖然我內心湧出了把房裡電玩軟體堆到加藤面前問：「來，妳想玩哪片？」的慾望，但我硬是忍了下來，結果想冷靜地扶眼鏡的我因為臉上什麼也沒戴，手指就一股勁地戳中了額頭的死穴。

「要、要替巡璃的劇情累積靈感，還有更合適的方式。」

「什麼方式？」

呃，我並沒有刻意犯傻，只不過，這或許是我對接下來要說出口的提議，感到緊張無比的關係。

因為……

「來約會吧。」

「咦……？」

「來約會看看吧，我們兩個。」

※　※　※

「久等了～」

「…………」

「怎麼了嗎？感覺你流好多汗耶？」

「沒、沒什麼……我腦子裡有許多事情在打轉。」

「什麼啊？」

即使加藤那麼問，實際上我現在的腦子裡，就是有如此大量的情緒灌了進來。

畢竟，我們兩個目前所在的地方，是從我家步行再搭電車約三十分鐘可到的某住宅區街角。

……哎，以上並非事情的本質，真正的重點是蓋在那一隅的房子。

……門牌寫著「加藤」的獨棟房屋。

沒錯，正如各位的推斷，那裡是我第一次造訪的，加藤惠真正的家。

加藤隨口問了一聲：「要不要順便來一趟？」本大爺只得猛揮兩手表示敬謝不敏……呃，我的遣詞會變得怪裡怪氣，是因為我在面對這棟房子的瞬間，腦袋就變得一片空白的關係。

總之，由於有那樣的原委，我躲在交通標誌的死角目送加藤回家，於是便目睹了令人訝異的光景。

那幕光景就是……

「啊，我剛才提到接下來要跟朋友出門，媽媽就拿了甜饅頭給我，要吃嗎？」

「不用了，我現在心裡很滿足！」

她們母女在玄關門口講話的樣子挺融洽的！家庭關係並沒有破裂！

並沒有出現「惠，等一下！妳下次什麼時候才要回家！」或者「妳拿的那筆錢是這個月的生活費啊！」或者「吵死了～別大呼小叫啦，臭老太婆！」之類的光景！

倒不如說，明明女兒早上才回家，而且一到家馬上又要出門，伯母卻還能帶著笑臉目送她，未免也太寬容了吧。雖然由我來講這些也怪怪的就是了。

「那我們走吧，安藝。」

「好、好啊……」

不知道加藤曉不曉得我正在做那些沒禮貌的想像……不，無論曉不曉得，她都會一如往常地淡定……不對，唯獨今天，她一臉輕鬆走在我旁邊。

從剛才那種穿來窩在屋裡的輕便服裝搖身一變，加藤充分發揮了其實相當高段的女生能耐，打扮得很用心。

當中更有一大要點：會帶給我安心與懷念感的白色貝雷帽。

那樣的她，不折不扣地是個準備跟男生出去玩的女孩子。

沒有錯，目前，加藤把我當成了約會的對象……

「那麼，活動從現在開始。我要按下錄音筆的開關嘍。」

「……欸，安藝，今天約會真的要全程錄音嗎？」

「要是用筆記，還得特地停止講話才能寫嘛。再說物理上不可能把所有對話都記下來吧。」

「呃，我想你應該明白，我問的並不是那個意思就是了……」

……縱使那都是為了製作劇情大綱。

對，這是我的主意，替巡璃劇情線累積靈感的手段。

並不是由兩個人窩在房間裡嘀嘀咕咕地寫想像中的劇情事件，而是實際前往約會地點，兩個人一塊兒走路、講話並且記下實際發生的事情。

在過程中，說不定會有出乎意料的突發狀況、靈光一現或者即興發揮，用來點綴故事的種種要素應該俯拾即是……那就是我的想法。

……哎，雖然有一項課題是我得揣摩現充男主角和女生約會的言行及思考。

※　※　※

於是，我們的旅行……不對，我們約會是先從平時搭的電車開始。

「妳想去哪裡，加藤？」

「你自己要約我的，結果目的地都丟給我來想嗎？是這樣喔～～」

加藤忽然用了讓人不爽的口氣（模仿我的口氣）吐槽。

不不不，這也是應該儲備下來的靈感。女主角的屬性。會萌的語尾口頭禪。一點都不萌就是了。

「不，我想要的是突發狀況，是偶然，是奇蹟！由我來決定就變成消化行程了吧！」

「你說起自我合理化的台詞依然這麼溜耶。」

「可以去妳想去的地方喔～～澀谷？原宿？銀座？晴空塔？上野動物園？還是要到台場向某電視台宣誓效忠……」

「哎，這個嘛，花太多時間移動也不好，挑個近一點又能輕鬆玩的地方好了。」

「喔～～也對，那就在池袋附近隨便找地方晃嗎？」

「不是，我想去豐樂園遊樂園。」

「…………………等等。」

加藤提議的，是從這裡走路搭電車可以輕鬆在三十分鐘抵達的範圍內。

有別於某個受歡迎的主題樂園，那裡是連售票亭都幾乎不需要排隊的鄰近小型遊樂園。

「不會太擁擠，又有雲霄飛車，旋轉木馬也不會停，要收集約會劇情的靈感，沒有比這更合適的地方了呢。」

「不不不，拜託妳等一下！」

結果，我連忙打斷了加藤那「疑似」隨便的提議。

基本上旋轉木馬都會停的啦，不會停就等於出意外了。

呃，雖然問題的本質不在那裡。

「那、那裡不太好吧……那是在前作時就已經取材過的地方啦！」

「啊，是那樣喔？」

沒錯，豐樂園遊樂園確實是在去年夏天取景（FD第二·三章）時就去過的地方。

「對、對啊……所以去那裡會撞哏啦！炒冷飯的感覺強到不行！」

園內有許多景色，已經在前作《cherry blessing》用來當背景，而且游泳池、鬼屋和摩天輪也在女主角的劇情橋段中出現過了。

是的，為了收集那些素材，某一天，我曾在那個地方花了一整天，度過相當濃密的時間。

……和英梨梨。

「是喔……那就沒辦法了。不然換別的地方吧。」

「好、好啊……感謝妳的理解。」

因為如此，我設法說服了挑地方碰巧挑得不太恰當的加藤，並催她選出下一個目的地。

……呃，碰巧的吧？她總不會是故意的吧～～？

「那麼……還是我們稍微跑遠一點，到和合市……」

「妳從剛才就故意的對吧！絕對是故意的吧！」

對不起，雖然還不到三行字的間隔，不過請容我撤回前言……

※　※　※

「呼～終於到了耶。」

「…………」

「果然一到黃金週假期，就會變得很擁擠～」

「…………」

「不過我好久沒來了，好期待喔，今天可以逛完多少呢？」

「……喂。」

「嗯？怎麼樣，安藝？」

「呃，我對地點本身沒意見，可是……」

「可是怎樣？」

「妳完全忽略掉一開始定的前提條件了吧？」

「唔～有嗎？」

到最後，加藤所選的地方既非移動不花時間的鄰近處，也不是適合輕鬆玩的地方。

而且，那裡更不是可以期待突發狀況、偶然或奇蹟，且不像在消化行程的新鮮場所。

轉搭電車和巴士將近兩小時。

經過長長的車程，等在那裡迎接我們的是龐大土地和建築物。

「不過，真的好久沒來了呢……六天場購物中心。」

「對啊……」

從它在玉崎開幕，差不多過了十個月。

而且，從我們之前造訪這裡，差不多也過了十個月……

雖然只是名義上的約會……不過，那裡其實是我們第一次約會的地方。

帶著中世紀歐洲風格，讓人不自覺聯想到橫濱紅磚倉庫的恬靜外觀。

整體分隔成南與北的兩大塊區域，共計兩百間以上的時尚、生活雜貨、戶外用品、餐飲店櫛比鱗次，內容豐富得待一整天也不會膩，宛如專為購物搭建的都市。

同時……還是供情侶和全家大小踴躍上門，專為現充……專為今天的我們所打造的空間。

「那我們走吧，安藝。」

「嗯，先從哪裡開始逛？」

「那還用說。」

因此，為了盡早履行職責，加藤露出了使壞似的微笑。

「先來開作戰會議。」

※　※　※

「我今天想先看鞋子……所以會從東側大街開始逛。」

「了解。」

「然後大致上就是依序往西繞……中間會經過這家店，還有這家店。」

「那麼最恰當的路線是……」

由於抵達時已經是中午前，館內早就成了戰場。

在未經訓練而毫無秩序的那些人擠成一團時，我們和上次一樣……先去了美食廣場。

接著，跟上次一樣攤開購物中心的地圖，由加藤在目的地做記號，我則負責把路線連起來。

但是，這和上次有一點不同的地方。

「啊，全部逛完以後，我想再從南側廣場回到東側大街。畢竟這邊在傍晚似乎會空下來。」

「走的距離會變長就是了，沒問題嗎？」

「我們今天把一部分的效率置於度外好了，安藝。」

「哎，既然妳那麼說……就改變路線吧。」

「嗯，拜託你嘍～」

從開作戰會議的階段，加藤就適度地做了一些任性要求。

想去的店還有逛的順序，她都會明說，即使數量多、距離遠，她也不太會客氣。

而且，加藤輕易地就把路線推給我決定。

「好，路線規劃完畢。那我們走吧，加藤。」

「嗯，麻煩你帶路。」

不知道她是不是習慣逛購物中心了。

或者說，她是習慣和我相處了……

※　※　※

「久等了～」

「喔，有買到要的東西嗎？」

「很順利喔……呃，安藝，我問你喔。」

「嗯？怎樣啦，加藤。」

「你也陪我一起挑是不是比較好呢？要收集靈感的話。」

「……別那樣，饒了我吧，那對我來說門檻還太高！」

然後，戰鬥開始後過了一小時。

看完鞋子，看完包包，等到開始看衣服的時候，我們都有種駕輕就熟的感覺了。

我們不對彼此客氣，也不至於干涉過頭，不退縮，不阿諛，不自省……

呃，我明白自己面對加藤本來就不太會有那種感覺，因此說起來……

也不太心動。

「好了，那我們換地方吧。」

「接下來終於要去北側大街啦……那我們先回中央廣場一趟。」

「嗯，我懂了。走吧，安藝。」

在我們東逛西逛，感覺稍微缺乏意外及心動感的情況下，當我開始猜想這「第二次約會」果然失敗了的時候……

「別只是應聲啊，妳要跟緊我……」

「來，安藝。」

「……啊。」

把東西都交給我拿的加藤，將空空如也的雙手朝我伸了過來。

「那座電梯，去年也好擠耶。」

「…………」

儘管，她的動作顯得非常習慣。

感覺自然得彷彿我們平時都會那樣做。

「這是為了收集靈感喔，安藝。」

「收集靈感是嗎……」

可是換成平時，我們非常非常不可能會那樣做。

……除了在第二次來到的，這個地方。

「……那就沒辦法嘍。」

「嗯，沒辦法啊。」

「別用跑的喔。」

「你不跑就沒問題了。」

「別跌倒喔。」

「有你開路就沒問題了。」

「還有……別放手喔。」

「……只要你肯把手握緊，就沒問題了喔。」

牽著的手，好溫暖。

去年，我趕路趕到忘我就是了。

那是在緊要關頭，我才橫下心牽她的手。

不過，今天我有所準備。

而且是女方主動要求。

「那麼要走嘍，加藤……」

「嗯，我們走吧，安藝。」

那情景，傳統得令人傻眼。

老套得令人傻眼。

而且……也萌得令人傻眼。

※　※　※

「好累喔～」

「畢竟走了一大段路啊～～」

於是，從戰鬥開始後，終於過了三小時。

這段期間，我們連午餐都沒有吃，也沒有休息，只專注顧著搜集巡璃的新表情、動作還有語句。

「實在花太多錢了……這樣到暑假前或許都不能再買新衣服耶。」

「我這邊已經兩手都沉甸甸的了……」

……雖然說，途中好像都變成加藤在買東西，但這是為了取得第一女主角的自然臉孔，所以不可以計較細節。

「好了，下一個地方是……」

「買東西總該告一段落了吧……至少要留回程的電車錢喔。」

「嗯，不過，這真的是最後一站了……它的意義不同。」

「不是啦，加藤，再怎麼說都買太多了……」

「這是……今天你陪我逛街的謝禮啊。」

「啊……」

結果，我對加藤悄然所站的位置有印象。

不知道她是從什麼時候就在引導我，正因為如此，那才成了第二次的驚喜……

店名叫「Aion」的眼鏡專賣鋪。

換句話說，那裡的對面還有間帽子店。

十個月以前，我們曾經在那裡交換禮物，實際觸發過令人害臊的女主角劇情事件。

因此，那裡確實有牽起第一女主角和男主角的「懷念回憶」……

「……話雖這麼說，可是你改戴隱形眼鏡了耶～」

「唔……」

「當時那副眼鏡，你已經沒有留著了耶～」

「唔唔唔唔唔……」

而且，我上個月才剛失去，在那次事件中得到的收穫。

『這個……給我好不好？』

『嗯，我知道……這是惠買給你的……』

『所以，我才想要這個。』

在某次道別，同時也代表嶄新開始的劇情事件中，那副眼鏡曾經被再次利用……

「這樣一來，要找個能牽起男主角和第一女主角的新定情物才行呢……欸，安藝，你覺得什麼比較好？」

「等一下！妳從剛才就一直有股尖酸味耶～～！」

「咦～我始終都是在幫忙累積寫大綱的靈感啊～～」

「不需要那種像是病嬌女角在覆寫回憶的橋段啦！我看妳今天何止黑了一點，心靈上根本超黑的！」

「哎，假如要延續之前的劇情，大概就得送隱形眼鏡……還是要徹底改換造型，送飾鍊好不好呢？再搭配皮夾克之類，啊，男主角戴鼻環滿有新意的，或許也不錯。這位劇本寫手，你覺得如何呢？」

「妳到底想培育出什麼樣的男朋友啊，第一女主角小姐！」

※　※　※

「其實……我在這裡遇過英梨梨。」

「咦，什麼時候？」

然後，到了戰鬥結束的時刻。

太陽即將西斜，在六天場購物中心的中央廣場的甜點自助吧。

「就是上次和你來的時候……蛋糕吃到一半，在你說自己非走不可，跑去霞之丘學姊那裡以後，我就遇到她了……」

「等一下！這位病嬌黑暗女主角，妳都還記在心裡嗎！」

目前，我們跟加藤提到的那個時候一樣，正面對面地大口吃著蛋糕。

「哎，我完全、絲毫、一點也不曉得，英梨梨是從什麼時候就在、來這裡做什麼、又怎麼會知道我人在這裡就是了……」

「呃，她來買東西的啦，這裡是購物中心嘛！」

「不過，那個時候，我和英梨梨在這裡發生過非常重要的劇情事件喔……」

「加藤……？」

好不容易坐下來吃甜點，加藤卻不動手，只用雙手裹著冰塊已經溶化的飲料杯……

她露出了看似念舊又落寞，性格鮮明的表情。

「那個女生第一次對我說刻薄話，還露出壞心眼的表情，然後，她就畫出了『巡璃生氣時的臉孔』。」

「原來，那張圖是在這裡完成的……？」

假如《cherry blessing》會出設定資料集，那倒是值得收錄的幕後花絮。

柏木英理最初完成的叶巡璃表情集，居然是在這座六天場購物中心這裡著手的……

「而且，我也頭一次在英梨梨的面前，露出了和平時不同的表情。」

「是什麼樣的表情……？」

「因為發生過那天的事情，我們才會變成好朋友……」

「這、這樣啊……」

我有一點被虛應過去的感覺就是了……

不過，加藤臉上的念舊感薄了，而且隨著落寞感變濃，氣氛變得讓人顧忌該不該多問，我只好噤聲。

「就是啊……我們兩個，變成了好朋友……」

我之前或許也提過……

加藤她不哭。

她不可能像英梨梨那樣哭泣。

「這裡果然很讓人懷念……」

即使如此，假如目前是離潰堤只差一步的狀態……

「畢竟，這裡有我失去的東西。」

當加藤惠一點也不淡定時，她就會展露出來。

「感覺有點開心，有點火大，還有點寂寞。」

我認為，對我所追求的第一女主角來說，那是非常非常重要的要素。

「欸，加藤……」

「嗯～～？」

「我看，還是讓我當個中間人吧？就算只幫忙安排讓妳們倆見面也好。」

特地搭電車和巴士，花上兩個小時。

加藤她……不，名為叶巡璃的第一女主角，是來這裡拾取回憶的。

而且，對象並非男主角，而是跟其他女角之間的回憶。

「拜託，要你幫那種忙根本就錯了。」

「呃，可是再這樣下去，妳們……」

儘管，或許那並不是美少女遊戲裡必備的，僅屬男女主角兩個人的劇情要素。

「啊～～不過……假如英梨梨也那樣希望……那我是不是該麻煩你呢～～」

「就那樣辦吧……不，求妳接受啦。要不然我的胃會撐不住。」

然而，那同樣是替第一女主角的人生增色的珍貴要素……

「安藝，可是英梨梨真的懂嗎……」

「啊～～至少我也沒把握。倒不如說，要直接問本人才能確定。」

我也認為，第一女主角絕非記號，那是她身為活生生人類的證明。

※　※　※

於是，離開六天場購物中心過了兩小時。

等我們抵達自己所住的土地，已經是太陽差不多要下山的黃昏時分了。

「啊，看見星星了。那是不是金星？」

「嗯，剛剛的台詞不錯，充滿昭和時期的鄉愁。留下來當範例台詞好了。」

「咦，剛才那句話有那麼重的三十禁調調嗎？」

五月的天候變得暖和許多，到了傍晚，仍有些許讓人發汗的風朝我們吹來。

在如此昏暗而朱紅的天空下，我們倆緩緩地爬上平時那道偵探坡。

話說回來，今天真的是……

「今天好開心喔～～」

「途中我覺得有點恐怖……」

「咦～～」

嗯，我的確很開心，也很欣慰。

累積關於第一女主角的靈感，又度過假期中唯一稱得上休息的時光，兩方面都是。

還有……以今天這種活動的原本意義來說，我也很高興。

「加藤，我看就像伊織說的那樣，妳最近給人的感覺，是不是變得有點沉重？」

只不過，對於陪我出遊的第一女主角，我也覺得自己非改變一下對她的認知才行。

「唔哇，真討厭……安藝，該不會是你害我被美少女遊戲的時空波及了吧？」

「呃，不過以第一女主角來說，妳那樣好像也不賴，所以我覺得ＯＫ耶。」

「咦～那樣的性格設定與其說是第一女主角，感覺更像隱藏角色不是嗎？你想嘛，比如罹患不治之病，或者真身其實是一直在醫院沉睡的遊魂那樣。」

藉著今天這場活動，我們的新作《不起眼女主角培育法（暫定名稱）》……尤其是叶巡璃劇情線的部分，將大幅度地受到重新審視。

對，原本被構想成完美女主角的叶巡璃，目前在我腦海裡正逐漸跳脫正統派路線。

當然，那表示我對角色藍本的印象，也就是對加藤惠這個女生的印象，正逐漸跳脫以往「形象有點薄弱的同學B」……

畢竟今天的加藤感覺就像驚奇箱。

一開始，她就跟平常一樣隨和過頭，是個不會讓我意識其異性身分的女生。

之後，她變成了話裡處處藏刀，感覺有點（？）厚黑的病嬌女主角。

接下來，她回顧過去和回憶，變成讓人感到念舊及心疼的因緣型女主角。

而且，她還流露出女生的嬌弱和狡猾，當起了挑逗保護慾的麻煩型女主角。

淡定表情的背後，藏著那麼多的臉孔，隨場面不同，她會將那些臉孔一張接一張地亮出來再收回去，是個有神祕感的少女。

沒錯，那簡直像巡璃和瑠璃……而且，她腦海裡似乎還藏著更多更多的女主角……

……呃，雖然說，加藤今天或許是為了幫我累積靈感，才積極地扮演那些角色就是了。

「欸，加藤……」

「嗯？」

「叶巡璃劇情線……似乎會寫得很有趣耶。」

「呃，巡璃其實是遊魂的點子不可以照用喔。」

「不是啦，我想大概會寫得跟今天的妳一模一樣。」

「聽你說會把我寫得『很有趣』，感覺也怪怪的就是了……不過，對社團而言算好事吧？」

「嗯，或許，妳就快要成為真正的第一女主角了。」

面對那些在其他女生聽來，肯定不會覺得是誇獎的詞，被我大力稱讚的加藤呵呵的笑出了聲音。

「那麼……我再加把勁，試著在最後當看看第一女主角好了～」

「加藤……？」

於是，正好在我們總算爬上坡道頂端的時候……

「我問你喔，可不可以切掉錄音筆的的開關？只切這一次。」

「咦，為什麼……？」

加藤做了莫名其妙的指示，然後稍微加快腳步趕過我……

接著，站在坡道上的她，從高了一點點的位置溫柔地低頭看著我。

……不，其實在夕色渲染下，我看不太清楚她的臉。

「欸，安藝……不對，倫也。」

然而，那時的嗓音，那句話……

讓我想起了加藤的那副表情。

「你還記得嗎……？從那時算起，正好過了一年喔。」

「加藤……」

我當然記得。

記得那時候，我想不到劇情大綱的靈感，傷透了腦筋。

「現在的我有沒有比那個時候，更貼近你的故事裡的女主角呢？」

記得那時候，加藤其實要在北海道才對。

然而，她不忍心看我受苦，把我看得比家人更優先，從北海道趕了回來。

「我有沒有成為你的助力呢？」

對我而言，她成了莫大的助力。

「還有，你記得嗎……？從那時算起，差不多過了一個月喔。」

「啊……等一下，喂……」

那件事……即使我想忘，目前也還忘不掉。

畢竟，當時我曾經在加藤面前放聲大哭。

「雖然現在的我，已經沒有服裝設計助理（英梨梨），也沒有指導演技的老師（霞之丘學姊）……」

不過，加藤她……

「即使如此，幫你打氣這一點，我有沒有做到呢？」

她對差點染上滿面愧色的我，依然肯用滿懷慈愛的語氣。

「我有沒有當個被社團，被你需要的人呢？」

她一直，都有做好我理想中的女主角。

「加藤，我……」

真的，我說真的……

今天的加藤，感覺就像驚奇箱。

既淡定且隨和，不會讓我意識到她是異性，話裡藏著刀，感覺厚黑而念舊，令人心疼，又嬌弱，又狡猾，應付起來很是麻煩……

「……惠，只要有妳在，我覺得自己就能設法克服難關。」

而且，又這麼地可靠。

「所以說，往後……也請妳多多指教嘍。讓我們一起嘔心瀝血吧。」

話說回來……還好有先關掉錄音筆。

這麼差勁又丟臉的台詞，可不能聽第二次。

「……我們一起加油吧，倫也。」

「好……」

「這次……我們兩個，一定要做出最棒的遊戲喔。」

「好……！」

話說回來……

幹嘛關掉錄音筆啊……我真蠢。

終章

「聽說你讓波島伊織加入社團了是嗎！」

「……妳的消息真靈通耶～」

連假結束後不到一星期，週六的早上九點。

在假期中操勞的我打算好好休養，結果大頭覺睡到一半就被SKYPE的來訊音效吵醒，我睡眼惺忪地一邊揉眼睛，一邊探頭望向電腦螢幕，上頭映著的是看起來依舊比我更愛睏，身穿體育服且看似剛趕完工作的英梨梨。

「我才要說呢，你怎麼那麼悠哉啊！你沒看網路嗎？同人界傳這件事傳得沸沸揚揚耶！當然都是波島在到處張揚就是了！」

「啊～～……」

哎，從八卦來源、內容及流傳速度等方面來看，無疑就是那傢伙的風範。

畢竟，伊織總是強調：「製作人最需要的是人脈。正因為如此，在讓周遭認識自己的手段上面用不著客氣。」

於是我照英梨梨說的，試著在網路上搜尋了一下，喔喔，確實有一堆資訊。

主要在那傢伙（某方面來講）人氣最旺的2c……匿名討論區討論得最為火熱。

的確，如果只看表面，伊織是跳槽到曾在相同創作類別打對台的社團，那當然會在討論區引發許多有意思的臆測。

比如挖角啊，內部瓦解啊……尤其像「紅坂朱音終於拋下『rouge en rouge』了，因此其他核心成員正處於樹倒猢猻散的狀態」這種自以為了解內幕的妄想更令人發噱。明明紅坂朱音這陣子幾乎都沒有干預。

「為什麼？倫也，你何必這麼做！……呃，或許我說這種話並不合規矩就是了。」

「我之前就講過了吧。這是為了製作最強的美少女遊戲啊……我求的不會比這更多，也不會更少。」

要是我回答：「妳這樣真的不合規矩！」肯定會起衝突，只好含混帶過。

不過，我剛才說的那番話也沒有任何虛假就是了。

結果，在第二次展示企畫書之後，伊織就爽快答應加入我們的社團了。

只不過，那傢伙對我重寫的巡璃劇情線大綱做了什麼評價，只能從答應加入的結果來判斷。

因為他把整份大綱讀完以後，只有伸手告訴我：「那麼，以後請多指教了，倫也同學。」其

他什麼感想也沒提。

哎，先不管那些，基於以上緣由，「blessing software」下一款作品「不起眼女主角培育法（暫定名稱）」的製作人、總監、宣傳以及女子樂團「icy tail」的製作工作，都會由「rouge en rouge」的前任代表波島伊織擔綱，某方面來說，這樣子製作體制就堅若磐石了。

此外，關於接掌社團代表及樂團經紀人頭銜，伊織則表示「我當的是協調者」而堅決推辭。

……呃，那傢伙嘴上那麼說卻還大剌剌地對外界張揚，他真的明白協調者是什麼嗎？

「話說回來，你管得住那傢伙嗎？」

「反了，成敗要看那傢伙管不管得住我。」

「……你們之間果然懷著什麼舊因緣或愛恨情仇嗎？」

「並沒有！妳所想像的那種關係，從國中時就完全、絲毫、一點都沒有存在過！」

假如情仇的「情」是指友情，那或許多少有一點就是了……

不過，以前的事情就讓它過去吧……雖然能不能徹底既往不咎，或許得看對方今後出牌的方式，總之先睜一隻眼閉一隻眼好了。

「真的沒問題嗎……」

「呃，與其擔心我，妳先顧好妳自己吧。之前提到的人設能不能按時截稿啊？」

「對嘛！倫也，你聽我說，講到霞之丘詩羽我就有氣……還有馬爾茲的宣傳製作人和製作進度規畫也是！」

「又來啦……」

哎，對我的逼問一結束，接下來照例又是英梨梨的發牢騷時間。

英梨梨拚死拚活地在黃金週內完成上次的「四十名角色設計」以後，下一項考驗又落到了她的頭上……

她得按期完成預定於本週日……也就是明天，由馬爾茲主辦召開的粉絲感謝活動「寰域編年紀20th Anniversary」中要用的主視覺圖像。

「……呃，妳等一下，那樣在時間順序上不太對勁。」

「就是啊！馬爾茲管控進度的人老是在胡搞！實際上作畫期間只有三天耶，三天！用來決定作品第一印象的主視覺圖像稿期定成這樣，未免太離譜了吧！」

「我問個重要的環節好了，案子一開始發包給妳是在什麼時候？」

「呃～～第一次磋商的時候吧？你想嘛，那次你有來送行啊。」

「……所以至少一個月以前就發給妳了。」

而且以物理上來講，感覺那樣已經是用最快速度把案子發出去了……負責管控進度的人還真吃力不討好。

「可、可是你想嘛，不先完成人設也沒辦法畫主視覺圖像啊！」

「先完成主要角色，接著畫主視覺圖像，然後再回頭設計配角不就好了嗎？」

「……啊～原來還可以那樣～」

「……喂。」

「對喔，用那種方式分配進度就可以了。那樣主視覺圖像畫起來也不會那麼費工夫。」

……呃，我剛才解開了一個小疑點。

假期剛結束，英梨梨之所以在教室時都不理別人，只顧著一直在筆記簿上畫疑似草稿的圖，原來就是肇因於此。

「哎，不過能畫完不就好了嗎？明天的活動很令人期待吧？記得那會在網路上同步轉播，對不對？」

「啊～不必再提那些了。我現在才不想回憶工作的事情～」

「……妳還是一樣，都只顧自己高興。」

明明剛才還對工作發了一大堆牢騷。

「好了啦，倫也……上次你在郵件提到的那件事，是真的嗎？」

「哪件事？」

「就、就是你要幫我跟惠……」

「嗯，包在我身上。惠……加藤她也想見妳。」

「……惠？」

「我會在下週找時間安排！相對的，我不會列席喔。我只幫到讓妳們兩個見面為止！」

「唔，嗯……太好了……其實我一直在介意那件事，簡直都無心工作了……」

「……喂，妳要加油啦。」

還有，比起馬爾茲的大案子，英梨梨目前更牽掛的，呃，就是之前跟惠……跟加藤形同陌路的問題。

「對啊，我有加油……讀了你寄的郵件，我才勉強鼓起動力，硬把主視覺完成了……」

「那我就算接受馬爾茲的款待也不為過吧？」

哎，相較於被提拔成二十週年紀念作的角色設定而掌握在手裡的寰域編年紀系列作命運，這傢伙更介意女生間從半年前建立起來的友誼，說起來是滿符合她的性子。

「總之惠的事情就拜託你了！我會先完成眼前的工作，下星期隨時可以撥出時間！」

「好，等我跟惠……跟加藤確認過行程再跟妳聯絡。」

「……………」

「那、那我們互相加油！我這邊的新作感覺也很猛！」

「嗯，好啊。我也在期待你那邊的作品……雖然說，我不喜歡有波島兄妹參與就是了。」

「……再見嘍。」

「嗯，下週學校見。」

於是，英梨梨在大肆發表過牢騷和懇求以後，就一邊打著大呵欠一邊將SKYPE切掉了。

就她所說的來看，工作方面儘管有所怨言，似乎倒還算順利。

而且兩個女生之間，也終於找到了和好的出路。

說來說去，目前我身邊的人們都一帆風順。

……話雖如此，放完連假以後，我老是不小心把加藤叫成「惠」的這個毛病，得設法改掉才可以。

終章之二

「……聽說你讓波島的哥哥加入製作班底了？」

「學姊今天跟英梨梨討論過對吧，我說的沒錯吧？」

接著，在同一天的晚上十一點。

在假期中操勞的我打算好好休養，結果大頭覺睡到一半就被手機鈴聲吵醒，我睡眼惺忪地一邊揉眼睛，一邊探頭望向手機螢幕，便發現上頭映著的字樣是「詩羽學姊」。

……另外，切勿從「睡大頭覺」的敘述，來推測我昨晚到現在的睡眠時間。

「倫理同學居然會在社團安插男性……是不是該從『不倫同學』改稱為『腐倫同學』比較好呢？」

「對不起，那兩個稱呼在日文發音上完全聽不出差別。」

先不管那些，果然詩羽學姊在今天也是照常運作。

「是嗎，大綱完成了啊。」

「嗯，我對成品滿有自信的。」

「……你終於跟加藤修成正果啦？你們合力完成的對吧？跨越了最後一條線對吧？」

「是的！我們終於合力寫出大綱了！除此以外的事情都沒有做就是了！」

「……看來，我已經沒有用處了呢。我不能再和你一起孕育什麼了。我變成只能留在倫理同學回憶中的女人了……」

「學姊也忙著在寫大綱吧！根本沒空幫我這邊的忙吧！」

「哎，話是如此沒錯～」

「那就拜偷學姊噗要拿偶尋該心啊～」（那就拜託學姊不要拿我尋開心啊）

總而言之，詩羽學姊今天完全都照常運作。

「不過，我這邊跟倫理同學一樣，連假放完就洩光光了，現在正處於虛脫狀態。」

「請不要把我們在同一個時期交出大綱的事情敘述得那麼草率，妳應該是小說家吧。」

「反正能在活動前完工，讓我鬆了口氣呢。要是大綱進度比人設還慢，誰曉得會被不中用的插畫家說成什麼樣……」

「啊，這麼說來，明天的寰域慶祝活動中，會公開妳們參與的新作宣傳短片對不對？」

「……澤村說的嗎？她告訴妳的？」

儘管詩羽學姊直到方才，一直都保持正常運作。

「？對啊，我們正好要舉行社團活動，所有人都會到我房間集合，所以大伙打算一起看網路轉播。」

「……你要看？所有人一起看嗎？」

然而不知道為什麼，話題一談到明天的活動，學姊的語氣就混了一些微妙的情緒。

「畢竟……那是妳們倆風光表現的時候嘛。怎麼了，學姊你會介意嗎？」

「不、不會，我不是那個意思……呃，以結果來說或許是那樣……」

「……我完全聽不懂學姊想表達什麼耶。」

該怎麼說呢？她那樣的情緒，跟客氣或謙虛都不太一樣。

學姊彷彿打從心裡不希望明天的活動被我看見……

「倫理同學，你聽我說……澤村真的有將你們放在心上。她希望你們能夠成功。」

「……詩羽學姊？」

然後，她接著說出口的話……

在我聽來，感覺和剛才的話題似乎毫無關係，是對於英梨梨的突兀辯護。

「不過呢，不過……現在的澤村，已經不是你所認識的澤村了。」

「欸，等一下，怎麼會講到那種像是遭到洗腦或ＮＴＲ還讓人聯想到雙手比『耶』露出淫笑的台詞！」

「哎……雖然她在為人方面依然呆頭呆腦的。」

「夠了啦，詩羽學姊，不要再戲弄人了……」

「所以，不管發生什麼，請你們都不要把她當敵人。當成競爭對手也就夠了。」

「咦……？」

詩羽學姊的聲音，有一些些發抖。

「我希望，你們能接納現在的她。」

聽起來有些難過，也有些落寞。

「不管是你、波島……還有加藤都一樣。」

而且……還有些欣慰。

終章之三

我聽懂詩羽學姊那些類似打啞謎的話，是在隔天星期日的下午四點半左右……

那是在社團活動藉詞休息，眾人都在看「寰域編年紀20th Anniversary」活動現場轉播的時候。

「讓各位久等了，現在將公開寰域編年紀最新作的第一部宣傳影片！」

來賓們登台的影像，忽然隨著主持人的聲音轉暗，接著畫面上就浮現了「特報！」的斗大反白文字。

「離寰域編年紀XII過了兩年」

「新的世界　新的冒險　新的年代記」

「再加上新的豪華製作陣容，為您獻上全新的寰域編年紀」

隨後，在首部宣傳影片常見的，用來掩飾剪輯材料不足的炒作詞接連出現，挑起會場觀眾和電腦前閱聽者的期待感。

「企劃　馬爾茲、紅朱企劃」

此時有一部分直覺靈敏的人，似乎已經察覺到「豪華製作陣容」的真面目了，鼓譟聲在觀眾席逐漸傳開。

「設定／故事原案、角色原案　紅坂朱音」

這時候整座會場都掀起了熱烈歡呼，呼應其轟動的反應，畫面逐漸被豔麗圖像渲染。

來吧，該是那傢伙表現的時候了……

「什麼嘛～都沒有霞之丘學姊和小澤村的名字嗎～～」

美智留有些遺憾地嘆氣。

哎，對這傢伙來說，再漂亮的圖應該都不如認識的人名出現在字幕上重要。

「唔哇，如假包換的畫作耶～～！這百分之百是柏木英理的手筆，不含任何雜質喔！」

「嗯……對啊。」

「這是……英梨梨的圖呢。」

然而，對我來說，不，對我和出海還有加藤來說，現在播出的這些圖片，才是最值得注目的焦點。

最先亮相的，是看似男主角的黑髮青年特寫。

那精悍又溫柔的表情，有種類似《cherry blessing》主角安曇誠司的味道……我會這樣想，或許單純是出於老王賣瓜的想法。

不過，儘管畫風變得頗為洗鍊，那無疑就是和我們一起做出《cherry blessing》的英梨梨……不，那就是柏木英理的筆觸。

氣勢十足的畫工，更足以媲美英梨梨在那款遊戲末尾的「七張原畫」。

……結果我根本沒空慢慢地去佩服那些。

礙於影片長度，想慢慢欣賞主角圖的我未能如願，鏡頭立刻就切到了下一個角色。

接著出現的，是頗具女主角風範的金長髮角色。

「女主角是金髮耶……」

「不過她的長髮是放下來的喔。」

「那兩個人之間發生過什麼……」

光從主要角色的造型，似乎就隱約可見令人感冒的內幕，我不禁想像她們在討論時的慘狀。

……結果我根本沒空亂想。

之後，大伙變得無法針對每個角色一一討論感想了。

簡單來說，影片播到後面……當鏡頭依序切換到配角，每張圖分配到的時間就變得越短，連要認清角色的特徵都有困難。

以宣傳影片來說，這樣不行吧……

就算角色準備得再多，要是沒有讓人一一留下印象，宣傳似乎就不能稱為成功。

英梨梨好不容易才準備了這麼多材料……

「咦?奇怪，奇怪，奇怪……?」

「怎麼了，出海?」

當我獨自對宣傳影片的製作方式嘀嘀咕咕時，在旁邊看轉播的出海，聲音不知道為什麼正在發抖。

「倫也學長……這些圖，是不是都接在一起?」

「咦?」

「你看背景的部分……這果然是接在一起的!」

「可操作角色超過四十名！」

「錯綜複雜的重量級劇情！」

角色特寫圖又隨著常見的炒作詞陸續切換。

然而，現在我並沒有注意角色，而是為了把出海看到的部分瞧仔細，目光都放在背景上。

「啊……！」

於是，我發現了。

……這些是可以拼起來的一塊塊拼圖。

「學長，這原本肯定是一張完整的大圖喔……！」

「不會吧……」

在我自己都不確定有沒有把聲音發出來的那個瞬間……

「寰域編年紀XIII　預定今年冬天發售」

在最後一句炒作詞出現的同時，畫面上秀出了一張主視覺圖像。

當時觀眾席上傳出的鼓譟聲，不知道是針對「預定今年冬天發售」，還是因為發現了主視覺圖像所藏的玄機……

正如同出海所說的，那是「一張完整的圖」。

並不是角色設計圖準備了四十張之多。

一張圖裡面，就存在著四十個刻劃精細的角色。

那既非設定圖也非角色站姿圖，僅僅的一張，同時也是四十張劇情ＣＧ。

每個角色都畫出了全身上下，每個角色都有其動作。

有男男女女在一張圖當中互相交談，互相歡笑，互看彼此不順眼，互相搭肩，互相打鬧……交織成一段故事。

那個蠢蛋耍什麼蠢啊！

第一張主視覺圖像就畫得太大手筆了吧！

畫成這樣，已經不能稱為圖畫……要叫壁畫了。

「這就是柏木英理嗎……？我非得被拿來和這個人比較嗎……？」

「出、出海……？」

出海正在發抖。

無論怎麼看，那都不是鬥志昂揚的顫抖。

她那總是開朗、積極、勇於挑戰的臉，變得慘綠了。

即使不甘願，我也能體會到詩羽學姊所說的「現在的英梨梨」是什麼意思了。

才華萌發得太快，她還沒有理解到自己的能耐。

因此，英梨梨才會一邊完成這樣的巨作，一邊光想著要跟我以及好友和好。

本身才華對周遭會造成什麼影響。

本身最在意的人對此會受到什麼刺激。

稚氣的天才竟殘忍得連那些都無法料到……

「…………」

「安藝……」

「…………」

「安藝……！」

「唔！啊，那、那個……」

我不曉得加藤叫了我幾次。

不過，我想她大概也不明白自己是怎麼叫我的。

畢竟我記得從連續假期的最後那一天算起，她直到昨天都還是叫我「倫也」……

「這到底……算什麼嘛。」

於是，從茫然的加藤口中冒出的話語……

不，從她口中冒出的嗓音，已經和昨天以前不同了。

嗓音中蘊含的，是被好友拋下的寂寞及感傷。

還有，對於好友不肯理解自己的焦躁……

後記

大家好，我是丸戶。

中間隔了一本《不起眼女主角培育法GS》，正篇讓大家多等了一陣子，但總算在此獻上了。第八集開始就是故事的第二部。

……雖然開場白是從第七集後記複製貼上的，不知道各位過得如何？我正處於時間緊迫得連後記都必須像這樣混行數的狀況。

這都要歸咎於動畫播映完畢造成的燃燒殆盡症候群……不，要歸功於動畫光碟缺貨缺到不允許我燃燒殆盡的銷售成績呢，對不起，我沒管理好工作期程。下星期肯定就可以完成……（刻意不說在對誰找藉口的作風）

因為如此，這是蓄勢已久的……雖然說起來完全沒有隔多久時間的感覺，總之這是第八集。

原本我在第七集後記，曾提到自己對第八集的抱負或目標在於「改回以往吊兒郎當的作風」、「保證也會讓那兩個人亮相」、「這次一定要讓某學妹也變得醒目」，我想這些大致上都

有達成，不知道各位覺得如何？

回顧已經寫好的本文，結果最醒目的角色承自第七集，依舊是理應要當個「不起眼女主角」的加藤，這一點是連我自己都沒有預料到的狀況。

倒不如說，在完稿前一週寫完第五章的時間點，我真的作夢也沒想到加藤會像這樣在後半一直亮相（請勿深究工作期程）。或許有讀者認為：「呃，原稿都寫完一半了還說自己沒定好劇情大綱也太假了吧？」不過創作就是無法預料會發生什麼事的喔……哎，結果本集僅次於加藤的醒目角色是某個男角，這就沒有什麼出乎意料可言，純粹是編輯硬要拗我……讓劇情照著必然性發展就是了。

好的，原作方面的藉口講完了，接下來要談動畫的事情……感謝各位支持。動畫可喜可賀地敲定要製作續篇。

此外，這次敲定製作續篇，感覺彷彿「從一開始就規劃好要分成兩季」，然而當中並沒有「不、不行，我還不能笑……要忍住。可、可是……」這樣的內心戲，我們是真的朝著目標數字拚命努力，並且達成了目標才換來這樣的結果。真心不騙。

我要表達的是什麼呢？簡單說就是下一季的劇情要演到哪裡、什麼時候開工、原作的橋段該怎麼安排進去，這些要處理的問題全都一片空白，接下來才會開始想，活脫脫處於「我們的奮戰接下來才要開始，請期待不起眼製作委員會的下部作品」的狀況。真心不騙。

離交稿沒多少時間了，來發表謝辭！

深崎老師，這次真的嚴重耗到你那邊的工作時間，對不起。

感謝你願意一面繪製光碟包裝，一面耐心等待。

不過詩羽抱枕ＢＯＸ的情境（即使對購買者來說棒透了），對於負責思考陪睡配音台詞的人來說簡直是地獄。那是怎麼脫掉的？我思考了三天三夜都沒睡，假如那不是綁帶內褲就說不通了耶。

萩原先生，完稿一週前受你關照了。當我坦承「哎呀，我還沒有想到結尾之前的過程要怎麼寫～～」時，你那副表情真是精彩。

從下集開始，我會一面銘記當時你帶著發飆味道教授的「何謂劇情大綱」一面加油，因此往後還請你繼續給予鞭撻指教。

那麼，讓我們在第九集再見。

二〇一五年，初夏　丸戶史明

國家圖書館出版品預行編目資料

不起眼女主角培育法 / 丸戸史明作 ; 鄭人彥譯.
-- 初版. -- 臺北市 : 臺灣角川, 2015.08-
冊 ; 公分
譯自 : 冴えない彼女の育てかた
ISBN 978-986-366-605-9(第7冊 : 平裝). --
ISBN 978-986-366-912-8(第8冊 : 平裝)

861.57 104009807

Kadokawa
Fantastic
Novels

不起眼女主角培育法 8

（原著名：冴えない彼女（ヒロイン）の育てかた 8）

2016年2月10日 初版第1刷發行
2024年7月3日 初版第14刷發行

作者：丸戶史明
插畫：深崎暮人
譯者：鄭人彥

發行人：台灣角川股份有限公司
總監：呂慧君
總編輯：蔡佩芬、朱哲成
主編：林秀儒
設計指導：陳晞叡
美術設計：吳佳昫
印務：李明修（主任）、張加恩（主任）、張凱棋、潘尚琪

發行所：台灣角川股份有限公司
地址：104台北市中山區松江路223號3樓
電話：（02）2515-3000
傳真：（02）2515-0033
網址：www.kadokawa.com.tw
劃撥帳戶：台灣角川股份有限公司
劃撥帳號：19487412
法律顧問：有澤法律事務所
製版：巨茂科技印刷有限公司
ISBN：978-986-366-912-8